寂しさから290円儲ける方法

ドリアン助川

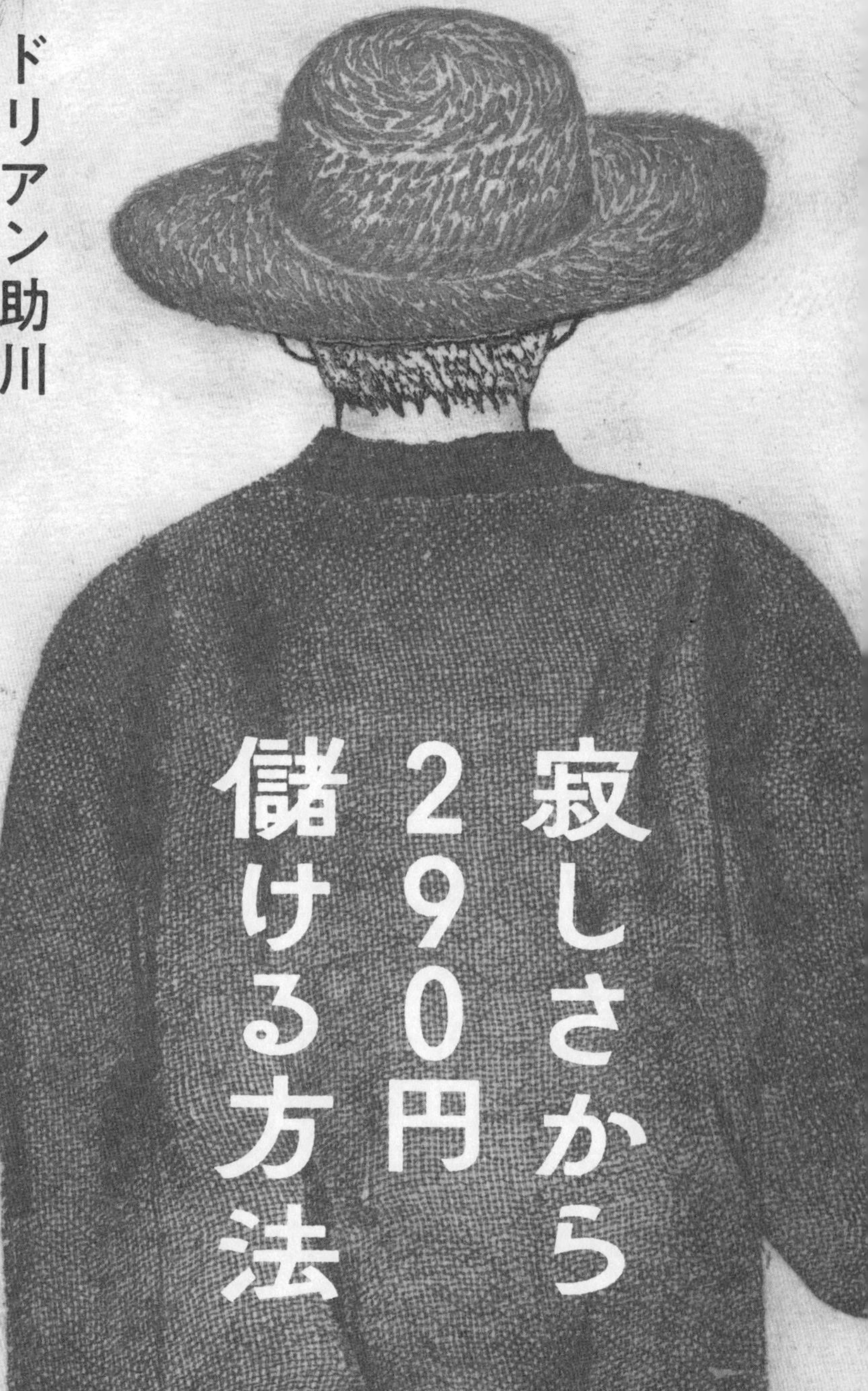

産業編集センター

寂しさから290円儲ける方法

おたすけブログ

「麦わら料理」

なにかお困りの方、お悩みを抱えていらっしゃる方は、メールをください。地球上のどこでも、気持ちが明るくなる麦わら料理をこしらえて、あなたに会いに行きます。

相談料は290円です。ただし、交通費、宿泊費、食材などの実費は別途いただきます。

麦わら

目次

第一話

世田谷区 豪徳寺

その女性のお客様とは、お寺の境内で待ち合わせをしました。

桜が散ってからまもなくの、暖かな南風が吹き抜ける午後でした。私はにぎわう三軒茶屋のマーケットでイタリア産の赤ワインを買い、東急世田谷線の駅へと向かいました。二輛連結の列車に揺られる小さな旅です。

私が学生だった頃にこの線路を走っていたのは、丸みを帯びた深緑色の車輛でした。たしか、「青ガエル」の愛称があったはずです。それからウン十年。この日乗ったのは、運転席の前面に猫の顔が描かれた、白を基調とする車輛でした。愛称をつけるなら、「白ニャンコ」でしょうか。

三軒茶屋駅を出発した白ニャンコは、民家の軒先をかすめてゆっくりと走ります。これまた猫の顔をかたどったつり革に私はつかまり、ときには家族の団欒までが垣間見える車窓の景色を密かに楽しみました。

人の家を眺めること十数分、白ニャンコは宮の坂駅に着きました。短いホームを降りてすこし歩くと、時代を感じさせる長い土壁の向こうに、背の高い杉や松の緑が見えてきます。

ここが世田谷の名刹、「豪徳寺」です。

堂々たる構えの入り口は、まるで城の大手門のようです。井伊直弼の菩提にふさわしい迫力があります。ただ、出入りしている参拝客はサムライ風でもいかつい感じでもありません。むしろ、今風のファッションに身を包んだおしゃれな若者たちが目立ちます。インバウンドの観光客も詰めかけていて、嬉々として写真の撮りあいっこをしています。

私は、本堂や仏殿にお参りをしたあと、豪徳寺が今や海外からも注目されている理由である「招猫殿」を訪れました。

みなさん、ここはお勧めです。

百聞は一見に如かず、ですよ。

招猫殿の周囲を埋め尽くしているおびただしい数の置物。これはだれが見ても猫のように目がまん丸になる光景です。極端なものに触れたときはいつもそうですが、私の場合は、すこし遅れて笑いがこみ上げてきます。

いったい何千体あるのでしょう。ここに来るたび、大小さまざまな白い招き猫たちの前で、私は笑ってしまうのです。招猫殿のみならず、敷石や石灯籠のなかにまで招き猫があふれ返っています。

豪徳寺は、招き猫発祥の地といわれています。江戸時代初期の彦根藩主、井伊直孝が当地で雨宿りをした際、どこからともなく現れた猫によって寺に導かれ、和尚の法話を聴く機会を得たというのです。直孝はこの縁を大事にし、ここ豪徳寺を井伊家の菩提所としました。

寺は、縁をもたらした猫を「招福猫児《まねぎねこ》観音」として祀るようになりました。そしていつからか、陶製の招き猫を販売するようになったのです。招猫殿の敷地だけでは納まらず、方々にあふれて並んでいる白い招き猫たちは、願が成就した人々が奉納したものだそうです。この膨大な招き猫の数と同じだけ、人々の夢や願いがかなったのです。

「あの……麦わらさんですか」

どちらを向いても招き猫、写真を撮っている観光客は海外の方ばかりというシュールな状況に浸っていると、脇からそっと声をかけられました。

「あら、ピーさんですか？」

「はい」

就活生のユニフォームにも似た黒のスーツのせいでしょうか、すこし堅い印象を与える女性です。わずかに頬をこわばらせ、「お世話になります。ピーです」と会釈をしてくれました。私は帽子をとって、「麦わらです」と頭を下げました。

ピーさんは、私の営業ブログ「麦わら料理」に仕事の依頼メールをくれたのです。

麦わらさん、こんにちは。私は悩みが多数あり、落ち着いてものを考えることができません。どうすれば悩みの数を減らすことができますか。お会いして、心が安定する料理についても教えていただければ幸いです。

ハッピーのピー

ひりひりするハンドルネームです。たしかに、ピーだけではハッピーになれません。書かれている通り、実際に複数の悩みを抱えていらっしゃるのでしょうか。それとも、ピーさんの心になんらかの問題があるのでしょうか。

私はピーさんの本名を知りません。メールでのやり取りを含め、そこは深入りしないのが「麦わら料理」のルールになっています。名前を知らずとも、一期一会は成り立ちます。お客様と過ごす時間は、人知れず咲き、春の雨に濡れて散っていく山桜の花びらのようなものであればいいと思っているのです。

とはいえ、私とお客様は互いの顔を知らずに初めて会うわけですから、なんらかの目印が必要です。私が春夏秋冬一年を通じて麦わら帽子をかぶっているのは、ひとつにその理由です。今回、黒のスーツはピーさんからの申し出でしたが、観光客が多いだけになるほど彼女は目を引きました。

「麦わらさん、わたしたち、変わった組み合わせに見えるでしょうね」

会ってすぐ、ピーさんは周囲を気にしだしました。

「どうしてですか?」

「だって、麦わらさん、まだ春なのに本当に麦わら帽子なんですもん。それに、年齢的にも離れているので、目立ちますよね、私たち」

ピーさんははにかむように笑いながらも、麦わらからこぼれた私の白い髪に一瞬の視線を這わせました。

こちらは、「すいません、若くなくて」としか言いようがありません。ピーさんの年齢は三十代後半といったところでしょうか。これくらいの歳になっても言っていいこととわるいことの区別がつかないのは困ったものだなと思いました。

私たちはその後、招き猫の飾りがついた三重の塔にもお参りしました。境内の販売所では、一体の招き猫を買い求めました。ピーさんは、「かわいい」とつぶやき、招き猫の頭を指でなでました。

豪徳寺に隣接しているのが、緑豊かな「世田谷城址公園」です。

世田谷にもお城があったのです。今から六百年ほど前の応永年間に、三河にルーツを持つ吉良一族により築城されたそうです。江戸期にはすでにこの城はなく、今は空掘と土塁が残るだけですが、起伏に富み、木々に恵まれた日本庭園のような城址公園は、都会の喧騒を逃れ、散策をするのに最適の場所です。

私は緑の斜面を臨むこの公園のベンチが好きです。鮮やかな芽吹きの季節は、ただそこに座って薫風に吹かれているだけで気持ちが明るくなります。

ただし、私にはひとつクセというか、習性のようなものがあります。解放感に浸ると、脱ぎたくなるのです。もちろん人前で全裸になったりはしませんが、一度スイッチが入ると、社会規範や世の常識も含め、さまざまなものを取っ払いたくなるのです。

桜の若葉があまりに優しげだったからでしょうか。群れて飛ぶメジロの姿に命のけなげさを感じたからでしょうか。この日私はベンチに座ると、横にピーさんがいるにもかかわらず、さっそくウォーキングシューズと靴下を脱いでしまいました。雑草が生えた土の上に素足を放り出したのです。

「気持ちいいですよ。ピーさんもいかがですか？」

ピーさんは目の端で私の足を見て、間髪を入れず首を横に振りました。

「わたしはいいです」

まずい、と思いました。ちょっと神経質そうなお客様の前でいきなり靴を脱ぐなんて、これは私の失敗でした。これから心の話をしようというときに、お客様が距離を置くようなことをしてしまったのです。しかし、だからといってすぐに靴下を履けば、まるでこちらの心が乱れているかのようです。

「すいません。小鳥たちが嬉しそうにしていたので、つい私まで……」

「小鳥の気持ち、わかるんですか？」

「だって、こんなに天気のよい日ですし、春ですし、自由に飛べるわけですから、嬉しくないわけがないかな……と」

ちょっと苦しい言い訳かなと自分でも思いました。ドギマギしていることをピーさんには見抜かれたはずです。ところが彼女は裸足云々ではなく、ここで本質的なことを問うてきました。

「自由って怖くないですか？」

「どうしてですか？」

「どこにでも飛んでいけるって、どんな危ない目に遭うかわからないってことじゃないですか？」

「まあ、そうですけどね」

「ガラス窓にぶつかっちゃうかもしれないし、タカに襲われるかもしれない……」

そんなふうに考えますか？　と言い返そうとして、ピーさんが悩みをたくさん抱えてしまう原因にいきなり触れたような気がしました。

「裸足にならないのも、なにかを心配してですか？」

「もちろんです。だって」

ピーさんが足を伸ばし、パンプスの爪先部分をぺこぺこと動かしました。

「裸足で歩いて、ガラスの破片とか画鋲とかを踏んじゃったらどうするんですか。もしそこからバイ菌が入ったら？　オミクロンとかイプシロンとか、そういうウイルスもあるわけですし。それに、もしわたしまでが裸足になって楽しそうにしていたら、見かけた人はきっと歳の離れたカップルだと思いますよね。全然そういう関係じゃないのに、それって不愉快ですよね。だから、靴は危ないことからわたしを守ってくれているんだと思います。それにもっとも心配なのは、裸足で草の上を歩いたら気持ちがよかった場合です。わたしはこれから草を見るたびに、裸足になるかどうかで悩むことになるわけですよ」

そうか、そういうことだったのかと私は合点がいきました。この人は想像力がある分、心配ごとを連鎖的に増やしてしまうタイプなのです。

「裸足がいやな理由はわかりました。ただ、悩みが多数あるというのは、まさに今のような感じで増えていくからですか？」

「そうなんです。寝る前とか、本当にひどくて」

「たとえば？」

ピーさんは、指を折って数える仕草をしながら、昨夜抱えこんだという悩みを語り始めました。

「結婚ですよね。してもしなくてもいいんだけど、でも、していないのはどうしてだろうって思うわけですよ。わたし、これから先、結婚したい人と出会うのかなって。どうもそう思えないんですよね。だったら、一人で生きていけばいいじゃないですか。そういう人も最近は珍しくないから。でも、そうしたら、今の安い給料で働きながら、ずっと賃貸住宅で暮らすことになると思うんです。それに、わたしだって歳をとっていきますから健康の不安があります。孤独死したらどうしようって思うんですよね。心臓発作で一人バスタブに沈んでいたとしたら、だれが見つけてくれるんですか。わたし、だったらやっぱり結婚した方がいいのかなって思うんですけど、焦って探してもきっとろくなことになりませんよね。暴力を振るう人だったらどうします？　親の介護にも行かせてくれない人だったら、きっと毎日喧嘩ですよね。口喧嘩しているうちはいいですけど、わたしだって刃物とか持っちゃったらなにをするかわからないし。そうしたら、犯罪者として新聞にのりますよね。あ、でも、もう新聞取ってないんです。これ、けっこう不安なんですよ。ほら、スマホで得られる情報って、アルゴリズムっていうんですか、ユーザーの好みに合わせて情報を選ぶので、勝手に偏りますよね。新聞なら満遍なく記事が読めたのに、わたしたち、もう情報を選択され、統制されているわけじゃないですか。まあ、その前になんの新聞を取っていたかってところで、すでに偏りはあるんですけど。だから、まあ、世間はどんどん分断していきますよね。分断といえばロシアも怖いですけど、アメリカと中国なんて、これからどうなるんですか。中国、気球を飛ばして撃墜されましたよね。あれ、写真を見たときになんか字が書いてあるなと思って。そうしたらソーラーシステムだったんですね。

ラーメンの丼についている漢字の模様あるじゃないですか。あの、喜ぶという字が二つ重なっているみたいな。わたし、てっきり気球にはあの字が書いてあると思いこんでいたんです。ほんと、バカですよね。そうしたらやっぱり哀しくなっちゃって。いつからバカになったんだろうって。小学校の鶴亀算のあたりまでは勉強できたんですよ。思うに、因数分解とか、三角関数のあたりからです。まったくわからなくなっちゃったの。あの頃のことを思い出すだけで夜も眠れなくなります。因数分解って、なにか意味があるんですか?」

「ちょっと待ってください」

ようやくそこで私は、言葉の激流に割って入ることができました。懸賞金をもらうときの力士のように、手刀でピーさんの言葉を切ったのです。

「それだけの心配ごとが、つながって現れるんですか?」

「はい。一気にやってきます。今話したのは、たぶん昨夜悩んだこととの三パーセントくらいだと思うんですけど。それが全部まとまって、暗い天井から怒涛のごとく降ってくるんです。だからわたし、心が安らぐときがなくて」

私は曖昧なうなずき方をして、自分の素足に目を落としました。ピーさんになにを語るべきか、少々考える必要があったのです。

「あの、ピーさんは、裸足になることを心配されましたけど、私は本音をいうと、やっぱり今日は靴を脱いでよかったなと思っています。足の裏から、じかに春を感じているんですよ。自分は今、生きているんだなって。これは一種の想像力なんですけどね」

「想像力?」

「そうです。足の裏の感触と春を結びつけているのは、私の想像力です。ピーさんの悩みごとも似たようなところがありますね」

「どういうことですか?」

「あなたの悩みにつながる問題はすべて、あなたの想像力が作りだしているんですよ。問題を生む畑は、あなたと世界との間にあるさまざまな事象です。そこにあなたの想像力が加わると、とたんに悩みの芽が吹きだす。困ったことではありますが、逆をいえば、ピーさん、あなたの脳がとてもいきいきとしているということではないでしょうか」

「わたしが、いきいきと?」

「そうです。次々と悩みごとが湧いてくるのは、あなたの脳が今この瞬間を生きていることの証しです。生きていない人には悩みなんてないんです。ただ、悩みがホノルルマラソンのランナーたちのように押し寄せてくると、心はもはや対応できない。つらいですよね」

「はい」

ピーさんは垂直という言葉を感じさせるほどのうなずき方をしました。

「だからここから先は、想像力の手なづけ方を心得て欲しいのです」

「想像力の、手なづけ方？」

「そうです。ヒントにしていただきたいと思い、今日はこんな麦わら料理を持ってきました」

論理的につながっているのだろうか。私は少々不安になりながらも、デイパックからタッパーウエアを取り出しました。昨夜作った料理が入っているのです。

ベンチの二人の間にハンカチを広げ、紙皿と紙コップも用意しました。タッパーのふたを開けます。

「ほら」

「うわっ、きれい。なんですか、これ？」

「ペコロスの宝石煮です」

「宝石煮？」

タッパーの中身は、赤ワインでじっくりと煮こんだペコロス（小玉ねぎ）です。半ば透明になったペコロスが春の陽光を受け、一粒ずつサファイアのように輝いています。

「ペコロスが、こんなふうに光るんですか」

「まずは召し上がってください」

「なんかもったいない感じがします」

いっしょに煮こんだコンビーフや干しぶどうもいい色になっています。

「さあ、宝石を召し上がれ」

「では、いただきます」

ピーさんはペコロスをフォークにのせ、そっと口に含みました。一噛み、二噛み。

私が豪徳寺の招き猫の群れを前にしたときと同じ反応が起きました。ピーさんはいきなり笑いだしたのです。

「なに、これ？　なんですか？　なんでこんなに美味しいんですか？」

「簡単な料理なんですけどね。他の具材といっしょにもう一粒、どうぞ」

今度はピーさん、コンビーフや干しぶどうに絡めてペコロスを味わいました。

「うわー、すごい。こんなの、わたし、初めてです」

ピーさんの笑いが止まりません。私は、三軒茶屋で買った赤ワインのボトルも開けました。

「あー、酔ったらどうしよう」とピーさんはすこし迷う素ぶりを見せましたが、ペコロスからの引力もあったのか、紙コップに注いだワインは彼女の口にすぐ吸いこまれていきました。

「これ、どうやって作るんですか？」

「本当に簡単な料理なんです。材料は、ペコロスのパック二つ、三十粒くらいですかね。干しぶどうは一握り。コンビーフの缶は二つ。あとは廉価な赤ワインが一本あればいいです」

「それだけですか?」

「はい。それだけです。皮をむいたペコロスとコンビーフ、干しぶどうを鍋に入れて、一本分のワインを投入します。ワインがなくなるまで煮こめば完成です。しいていえば、ペコロスの薄皮をむくのがちょっと面倒かな。指で一粒ずつむいていると、ペコロスの汁で爪の間が痛みだします。そこで一工夫。ペコロスにまずさっと熱湯をかけてしまいましょう。それから皮をむくと指先が痛むようなことはありません」

「それだけで未体験の、こんなに素晴らしい味になるんですか?」

「最初にペコロスをオリーブオイルでさっと炒めるといいです。香りが豊かになります。ただ、仕上がりにはペコロスの透明感が欲しいので、焦がしちゃいけません。大事なのは火の調節ですかね。ワインが沸騰するまでは中火で、あとは煮汁が噴かないようにふたをずらし、弱火で根気よく煮こみます。焦げつかないように時折かき混ぜてはやりますが、特になにかを加えることはありません。ワインが蒸発したら、ペコロスは食べられる宝石に変わっています」

「それにしても、小玉ねぎがこんなに美味しくなるなんて……」

「赤ワインのコクとコンビーフの旨味、ぶどうの甘みのすべてを、ペコロスが吸い取ったのです。それぞれの小さな玉ねぎのなかに、鍋一杯分の味わいが詰まっているんですよ」

　ピーさんはまた垂直にうなずき、コンビーフが絡んだペコロスを次々と口に運びました。白い歯を見せ、「美味しい！」を連発します。

「気に入っていただけたようで」

「はい。悩みのことはともかく、この料理を教えてもらっただけでも今日はハッピーです。麦わらさんに来ていただいてよかった」

「それはよかった。私も嬉しいです。ぜひ、ご自分でも作られてみてください」

「はい」

さあ、いよいよ心の話をすべき頃合いになってきたようです。

「ところで、ピーさん。多すぎる悩みごとの解決法ですが……ペコロスの一粒ずつを悩みだと考えてみてください」

「え？」

私はタッパーに手を向けました。たくさんの輝くペコロスがまだ残っています。

「どんなに美味しくても、ピーさんはペコロスを一粒ずつ召し上がりましたよね」

「だって、二粒は口に入らないですよ」

「それはもちろんそうでしょう。でも、心のなかで、あなたはそれをやっているんです。二粒どころか、このタッパーすべてのペコロスを一度に口に入れようとして苦悶しているようなものです」

ああ……とピーさんの唇から息が漏れました。理解という点で、一本の線がつながったような表情です。しかし、眉のあたりは微妙に歪んでいます。

「でも、ペコロスは美味しいから口に入れますけど、悩みはいやなものですよ。ペコロスと悩みは違うものなんじゃないですか？」

「悩みを意識するのは、受け入れているからです。体や心に入れようとしている以上、ペコロスと変わらないのですよ」

「わたし、受け入れているんですか？」

「想像力が連鎖的に作りだす問題を、すべて受け入れようとして苦しんでいるのです」

「だったら……わたし……」

「ペコロスと同じように、一粒だけ味わう習慣を作ってください」

「一つの問題、という意味ですか？」

「そうです。その通りです。あなたの脳はいきいきしている。活発です。だから、たくさんの問題を連夜作りだす。でも……」

私は、自分のフォークをタッパーに向けました。そして一粒のペコロスにフォークを刺したのです。

「一晩にひとつにしておきましょう」

私はそこで、今日初めてのペコロスを自分の口に入れました。ああ、やはり美味しいです。なんと味わい深い小玉ねぎでしょう。ぶどうの葉が一年間浴びてきた陽光や雨のきらめき、牧草を食べてきた牛たちの旨味も加わり、口中に千変万化の花が咲いていきます。

「問題を連鎖させ、増殖させてはいけません。たったひとつの悩みを味わうよう、あなたの脳に言い聞かせるのです」

「そんなことできますか？　それに悩みを味わうって、どういうことですか？」

私はデイパックから、豪徳寺で買った招き猫を取り出し、ピーさんの手にのせました。一番安い小さな招き猫です。「かわいい」とピーさんがまたつぶやきました。

「ピーさん、願いごとって、どこから生まれるかわかりますか？」

「どこからって……夢とか希望からかな」

「夢も希望も願いごとも、未来に望むという意味で似たようなものだと思います。これらは同じところから生まれてきます」

「同じところ？」

「そうです。夢とは真逆に位置するところ。それは欠乏だったり、耐え難い問題だったり、つまり、苦悩こそが母体なんです」

ピーさんは猫目になって私を見つめました。赤ワインのせいで桜色になった頬がかすかにぴくついています。

「お金がない。だから稼ぎのいい仕事を夢見るんです。仕事がうまくいかない。だからいいビジネスチャンスをつかめるようにと祈るんです。恋人がいない。寂しい。だからいい出会いがあるようにと願うんです」

ピーさんの口がゆっくりと半開きになりました。

「豪徳寺の境内に並んでいたおびただしい数の招き猫。あの大群は、人々の願いがかなって奉納されたものです。あれだけの数の祈りがあったのです。それは等しく、同じ数だけ人の悩みがあったということです。悩みは、あなたが美味しいと言ってくれたペコロスに負けないくらい、味わい深いものなのですよ。悩みを、大切にしてください」

私はピーさんが手にした紙コップに、ワインを注ぎました。

「今夜からは、悩みが降りかかってきたら、どれかひとつを選んでください。あなたの脳はそこから問題を増殖させようとするでしょうが、そうはさせない。別のことに頭を使うのです。それは、ひとつの悩みからひとつの願いごとを生みだすことです。結婚するもしないも自由。それなら、自立するための学びの機会を私にくださいと祈ってみる。そこでその小さな招き猫です。枕元にこの猫を置いてやってください。悩みから生まれた貴重な願いごとを、眠たくなるまでニャンコに祈り続ければいいんです。願いごとはひとつでなければいけません。たったひとつを祈るからこそ、夢が叶うんです。やがてあなたは気づくでしょう。祈りの力は本物だと。ご自分が、望む方向へ歩みだしていることを」

ピーさんの視線が、私の顔と招き猫を往復しました。

「ありがとうございます。やってみます。まず、悩みをひとつ選ぶことですね」

ぼそぼそとつぶやくような声でしたが、ピーさんの目に小さな輝きが宿ったのを私は見逃しませんでした。

「それではすいませんが、酔っ払う前に料金の清算をお願いします」

私は食材のレシートをピーさんに手渡しました。

「麦わら料理の食材が税込で二五〇〇円。世田谷線の運賃が往復で三〇〇円。招き猫が五〇〇円。相談料が二九〇円です。合わせて、三五九〇円ですね。あ、ワインはプレゼントです」

「そんなあ」

ピーさんの眉が八の字に曲がりました。

「いくらなんでも……だいたい、どうして、二九〇円なんですか。それじゃ、申し訳なくて」

「いいんですよ。相談料の二九〇円には、私にしかわからない意味があるんです。これでいいんです」

「でも……」

「はい。これで仕事は終わりです」

「それではお言葉に甘えて」

千円札四枚がピーさんの財布から取り出されました。私はピーさんの掌にお釣りをのせました。

「ワイン以外に、もうひとつプレゼントがあるんですよ。ゆっくり飲みながら、すこし暗くなるのを待ちましょう」

「え？　なんですか？」

一瞬、怪訝な表情に戻ったピーさんでしたが、酔いが私への警戒心を解かせたのか、結局、近所の酒屋さんまで出向き、さらにもう一本の赤ワインを共同購入することになりました。


もうすっかり暗くなってからです。私は、豪徳寺の土塀のそばにピーさんを案内しました。

「なんですか？　こんなところで」とピーさんはさすがに不審な声です。

「お見せしたいものがあるんですよ」

ザッザザッザッ、と小石が降り注ぐような音が土塀の向こうから聞こえてきます。

「なんですか、これ？」

「このあたりを見ていてください」

「まあ！」

土塀に穴が空いているのです。そこから、招き猫たちが一匹ずつ、外に出てきました。

「こんなことって……」

「私も最初この行進を見たときはびっくりしました」

なんと、奉納されている招き猫たちが、こうして夜な夜な出てくるのです。猫たちは徐々に隊列を組み、土塀に沿った道を行進していきます。

ザッザザッザッ、と規則正しい音をたて、右へ左へ体を振り、帯のように連なって城址公園の方へと向かっていきます。

「ピーさん、ご覧になりましたか。土塀の穴から出てくるときも、招き猫たちは一匹ずつでした」

「はい、たしかに」

ピーさんの声が上ずっています。

「なんでもひとつずつ、これが重要です」

「ひとつずつ、ですね。でも、どうしてこの子たち、外に出てきちゃうんですか？」

「きっと、招き猫たちは準備をしているのだと思います。奉納されて生涯を終えるなんてみんないやなのです。だって、悩みは次から次へと現れるのですから。願いごとも等しく生まれるのですから。招き猫たちはきちんとわかっているのです。自分たちの仕事が永遠に続くことを。だからこうして、夜な夜な足腰を鍛えているのだと思います」

私たちは招き猫たちの行進についていきました。世田谷城址公園の遊歩道を、ザッザッザッ、と進みます。私はなんだか踊りたくなり、招き猫たちの最後尾で体を揺らし始めました。その場で考案した「夢のマタタビダンス」です。裸足のまま踊りだしたのです。

上機嫌に酔っぱらったせいでしょう。ピーさんまでが踊りながらついてきます。しかも、両手にパンプスをぶら下げて。

第二話

伊豆 城ヶ崎

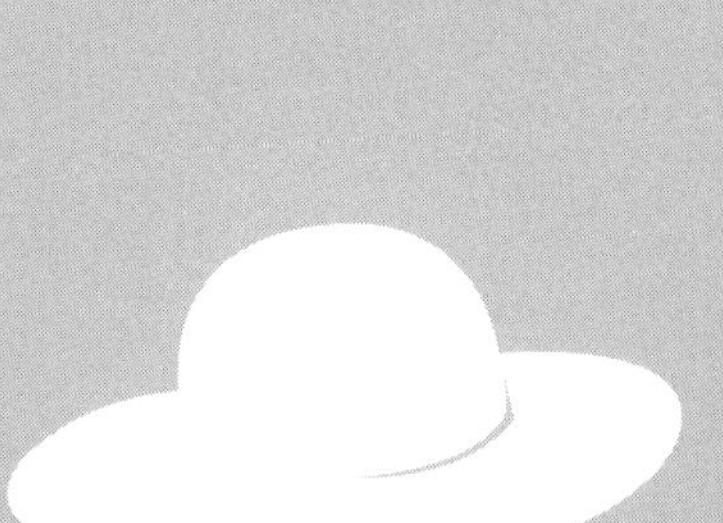

車窓の向こうに広がる青い海原。手もとには、金目鯛の炙り寿司。悩まれているお客様に会いに行く途上です。私は列車に揺られながら、すっかり旅気分になっていました。

金目鯛の駅弁を買ったのは、ＪＲ熱海駅の売店です。まだ昼前でしたが、東海道本線から伊東線に乗り継ぐまでに少々の時間があったので、駅弁が並んだウインドウの前でつい足を止めてしまったのです。

湘南から東伊豆にかけて、この界隈の人気駅弁といえば、大船軒の鯵の押し寿司でしょうか。アジというだけあって、何度食べても飽きが来ない味わいです。見た目は地味な駅弁ですが、まっさらな鯵とすこし強めの酢飯を頬張れば、口のなかで旨味の波が押し引きを始めます。

しかし今日は迷った挙げ句、金目鯛の炙り寿司を選びました。これからお客様のお悩みを聞き、気持ちを込めて料理を作るのですから、心の準備をしなければいけません。それなら、やはり金目鯛です。

鮮やかな緋色の魚体と大きな目が印象的なこの魚は、海面下数百メートルという、ずいぶんと深いところで暮らしているのです。

金目鯛の目が大きいのは、闇のなかに降りてくるわずかな光を捉えるためです。光はきっとそのまま、魚たちの希望なのでしょう。遠い海面を見上げ、仄かなきらめきを記憶しているうちに、目が金色になってしまったのかもしれません。

金目鯛は煮つけが人気です。深い海で育ったがゆえ、身に味をたくわえる包容力があるのです。それでいて煮汁の味に押し切られることはなく、そっと押し返す弾力性のある旨味が印象的です。

もちろん、炙った切り身に多めのわさびをのせていただくのもたまりません。口のなかに鮮烈なうねりがやってくるのです。煮ても、生を炙っても、金目鯛をじっくり味わえば、深海を生き抜く命にだれもが思いを馳せるはずです。

熱海からは、伊東線に乗り入れている伊豆急行の下田行き普通列車を利用します。座席はボックスシートです。私は海を見るために、進行方向に向かって左側に席を取りました。

列車は、来宮、伊豆多賀、網代、宇佐美、伊東と、相模灘に沿って進んで行きます。眺めのよい高いところを通るので、初島を抱く相模灘の大パノラマを思う存分楽しむことができます。駅に停まるたび、金目鯛の炙り寿司をひとつずつ口に運びました。一面の青に浮かぶ漁船の白い帆を数えながら、静かに咀嚼するのです。伊豆に遊びにくる観光客はたいていみな特急踊り子号に乗るので、普通列車は地元の人たちしか利用しません。車内はけっこうすいています。相模灘をわたってきた風が開いた窓をくぐり、そのまま触れてくるのです。広大な眺望に加え、風の柔らかさがまた旅気分を盛り上げます。

私は脱ぎたくなってきました。ここですっぽんぽんになったら、どんなに気持ちよかろうと思ったのです。

いえ、ご心配なく。思っただけです。

伊東を過ぎ、木々の緑と海原の青が織りなす絶景に見とれているうちに、川奈、富戸と二つの駅を過ぎました。私は、駅弁の箱に残っていた金目鯛の押し寿司を慌てて口に放りこみ、城ヶ崎海岸駅で列車を降りました。

今日のお客様は、ご自分を「矛盾親父」とおっしゃるシャイさんです。道順はシャイさんがメールで教えてくださいました。かなり海に近いところで暮らされているようです。

私は案内された通りに歩きました。海に近づくためには、まず、大きなお屋敷が立ち並ぶ別荘地を抜けなければいけません。都内では考えられないほどの豪邸群です。

これは私のわるいクセですが、一生働き続けても建つはずがない大きなお屋敷を見かけると、そこに住む人のことを疑ってしまうのです。麻薬とか、人身売買とか、高利貸しとか、賭け事の胴元とか、ロバに重い荷物を背負わせてムチで叩いている人とか、そういう血も涙もない人が住んでいるに違いないと思ってしまうのです。

いいえ、本当のところはどうかわかりませんよ。勤勉実直に働いて巨大なお屋敷を手に入れられた方も、なかにはいらっしゃるかもしれません。きっといるはずです。しかし私は、ありとあらゆる強欲者やどケチの顔などを想像しながら、豪華な別荘地を抜けました。

私が次に足を踏み入れたのは、伊豆城ヶ崎の海岸へと通じる森です。シャイさんが私を待っている場所は近いはずでした。このあたりでは、イガイガ根と呼ばれる荒磯です。

ここから先がなかなか大変な道行きでした。森といっても、足下はずいぶんと起伏があります。クヌギなどの広葉樹林が鬱蒼と茂る様子は、まるで天城の山の獣道を行くかのようです。急峻な傾斜を上ったり下がったり、息をすこし荒げながら進むと、ようやく波の音が聞こえてきました。視界が開けます。

うわっ！

山育ちの子どもが初めて海を見たかのごとく、思わず声をあげていました。

なんという景色でしょう。森の木々が背の低い灌木に変わった瞬間、地球の半分を切り取ったかと思うほどの青い海と空が目に飛びこんできたのです。水平線のゆるやかな湾曲が感じられるほどの広大な海です。圧倒的な水の世界です。中央には、緑に輝く伊豆大島があります。

この壮大な景色の下半分を支えているのが、切り立った荒磯が連続するイガイガ根なのです。城ヶ崎にいればどこからでも仰ぐことができる、お椀のような形をした大室山が四千年ほど前に噴火した際、大量の溶岩が海になだれこんで出来た独特の地形なのだそうです。

これは歩くのもままならない地形です。うねりが押し寄せるたびに、磯から波しぶきが上がります。一度海に落ちたら絶対に這い上がれない、垂直な崖の連続です。本当にこんなところにお客様のシャイさんがいらっしゃるのだろうか。私は風で飛びそうになっている麦わら帽子を手で押さえながら、あたりを見渡しました。

すると、あったのです。メールで教えてもらった目印の旗が翻っていました。大きな崖の盛り上がりを三つほど越えたところ、白波が炸裂する荒磯の上に、昔の火の見やぐらを彷彿とさせる鉄塔が立っていました。ビルならば四、五階建ての高さでしょうか。てっぺんにはプレハブの小屋があり、海に突き出すように掲揚された旗が風に揺れているのです。文字もなんとか確認できました。「イガ寿司」とあります。半信半疑でここまでやって来たのですが、イガイガ根のはずれにイガ寿司という寿司屋は本当にあったのです。

私は汗まみれになりながら崖を三つ越え、鉄塔の下まで辿り着きました。磯にぶつかる波の音が凄まじいです。

私ははしごに取りつき、一段ずつ登りました。高いところは得意ではありません。足の震えが止まらなくなりました。麦わら帽子が風で飛び、あご紐でかろうじて引っかかっています。私は途中からは目をつぶり、まさに決死の覚悟で登り切りました。

「いらっしゃい！」

プレハブの小屋のドアが開き、つるりと光沢のある頭が一瞬見えました。きっとシャイさんです。しかし、彼は私と目を合わせることなく奥に引っこんでしまいました。

「あの、イガ寿司さんですね」

旗だけではなく、風に煽られている小さな暖簾にも店名がありました。間違いありません。

親父が小屋の奥で「へい」と返事をします。

「メールをくださったシャイさんですか?」

親父はまた「へい」と短い返事です。麦わら帽子をかぶり直してから、私は暖簾をくぐりました。

「こんにちは。麦わらです。お悩みを解決しに参りました」

「へい」

なんとシャイさんは、私に背を向けて返事をしているのです。

荒磯に立つ鉄塔の上のプレハブ小屋ですから、狭いなんてものではありません。イガ寿司の店内は、カウンターのみで二席。厨房の面積は座布団三枚分くらいしかありません。それなのにシャイさんは、私を見ずに窓の外の海原を眺めているのです。これでは取りつく島がありません。私は言葉に困り、とりあえず率直な感想を述べました。

「しかし、すごいところにあるお店ですね。なんでまた、こんなところに?」

「なんで、ですかね。とにかく、お客が来なくて、困っているんですよ」

シャイさんはほんの一瞬こちらを振り向きました。私と目が合ったのです。でも、次の瞬間にはまた背を向けてしまいました。

「いや、まあ、お客は……来ないでしょうねえ。ここは」

「そうですかね。変わった立地で喜ばれるかなと思ったんですけど」

シャイさんはこちらを向いたかと思えば、すぐ窓に目をやってしまいます。

「とりあえず座っていいですか？」

「へい」

「せっかくですから、なにか握ってもらっていいですか？」

「え？」

シャイさんが私をじろっと見ました。目が合う時間はすこしずつですが伸びています。

「ネタがあまりないんですよ。ちょっと今日、仕入れてなくて」

「でも、営業されているんですよね」

「へい」

シャイさんは初めて私の顔を正面から見ました。しかし次の瞬間、布巾を手に持ち、顔を覆ってしまったのです。

「どうしたんですか？」

布巾がもごもごと動きました。

「恥ずかしいんですよ」

「なにが、ですか？」

「なにもかもですよ」

シャイさんは片手で顔の布巾を押さえながら、もう片方の手で光沢のある頭をぺしっと叩きました。

「お客が来ないのも困るし、来てもらっても困るんですよ」

「どうしてですか？」

「だって、恥ずかしいじゃないですか、人に会うのは」

そこでようやくシャイさんは顔から布巾をとりました。私とは目を合わさず、「金目鯛でよければ握ります」と小声で言いました。

金目鯛はすでに列車のなかで食べてきたので、とのど元まで出かかりましたが、職人さんが目の前で握ってくれる寿司と、作り置きの駅弁が同じ味わいのはずもありません。私は、「おいしいところを、おまかせで」と注文しました。

シャイさんはこちらを見ずに「へい」と返事をし、その場で屈みこみました。厨房と客席を仕切る板壁の陰になって見えませんでしたが、小型の冷蔵庫があるようです。ドアが開く音がして、木魚みたいなシャイさんの頭が前後に揺れました。

「一応、電気が引いてあるんですね？」

「へい」

まな板に寿司ネタが並びました。シャイさんはシャリを盛った桶に右手を突っこむと、左手の指裏にネタをのせました。そして体をくるりと回し、私に背を向けて両手をぱしっと合わせたのです。普通、職人さんは客の方を向いて寿司を握るものです。だから「目の前で握る」という表現になるのです。

シャイさんはその逆でした。握りの手返しを見せてくれません。しかも体を窓に向けたまま、肩越しに背後を見るような姿勢で「金目鯛、お待ち」と寿司を差し出してくるではありませんか。

戸惑いながら、私はその一貫を口に運びました。

いや、寿司そのものはうまかったです。赤酢の効いたシャリはほんのりと甘みがあり、大らかでうぶな金目鯛の味わいとぴったり合いました。伊豆産の天然わさびが、その調和にぴしっと感嘆符の杭を打ちます。ツンと抜けるわさびの香りが金目鯛とシャリの真ん中に立つのです。

おまかせでいただいた烏賊と鮪も美味でした。どちらも国民食のようなポピュラーな魚ですが、口にとても新しく、まるで初めて食べたような気分になる握りだったのです。

グラスに注いでもらった「伊豆海」という地酒も粋でした。きりっとした清涼感が、鼻腔を通ってそのまま飛翔します。窓からは青い海と伊豆大島が見えます。背中を向けて立っているシャイさんさえいなければ、極楽気分というものです。

「どれもうまいですね。これだけの技術をお持ちなら、街なかで店を出された方がよかったのではないですか？」

シャイさんは窓を向いたまま、なにやら口のなかでぼそぼそと言葉を噛みました。

「はあ？」

「たくさん、来てもらうと困るし……」

「いや、あの、たぶんアタシは恥ずかしいというより、人が苦手なんだと思います」

シャイさんはそこでようやくこちらを向き、ツブ貝の身についているふたのような眼で私をちらりと見ました。

「苦手というより、嫌いなのかな」

吸いこむような沈黙が生じ、外の波音が聞こえなくなりました。私はどう反応したらいいのかわからなくなり、「よかったら、一杯」とシャイさんに酒を勧めました。シャイさんはグラスに伊豆海を注ぎ、ぐっと飲み干しました。

「物心ついた頃から、アタシはたぶん、いじめられっ子だったんですね。鉄棒、メンコ、かけっこ、なにをやっても不器用で、ただ突っ立っていることしかできませんでした。喋るのもうまくなくてね。そんなアタシを、親もどこかで見限っていたのかなあ。兄貴や弟のようには可愛がってくれなかった。子どもの頃の写真もほとんどないんですよ」

「三人兄弟の真ん中ですか？」

「へい」

「上と下に挟まれて、大変でしたね。よく聞きますよ。真ん中はしんどいって」

シャイさんはもう一杯、酒を呷りました。

「学校でも、背後から殴られるようなことばかりで、居場所がなかったですね。気がつけば、うちにこもるっていうんですか、人づきあいを避けるようになっていました。しかしまあ、働かないわけにもいかないしね。寡黙な職人ならやれるんじゃないかって、この世界に入ったんですよ。食うことだけは一人前で、寿司が好きでしたから。でも、仲間内でさえうまくいかなくて。ましてや、接客となると、もうどうしたらいいのかわからず、寿司を握りながら東に二回、西に三回卒倒したことがあるくらいです」

「はあ、それはお気の毒です。でも、南北に倒れたことはないんですか」

「東南東なら一回あります。アタシが倒れるのを見て、お客も卒倒したらしいです」

「じゃあ、いっそ、別の仕事の方が」

「いや、ここからが本当にお恥ずかしい話なんですが、心底人間が嫌いかというと、たぶんそうじゃないんですよ。本当に嫌いなら、寿司の職人にはなりません。アタシはたぶん、寂しん坊なんです」

「人に会いたい？」

「へい。そうなんです。人に会いたくないのに、会いたいんです。店に客が来たら、早く帰ってくれないかなと思うんです。でも、だれもいないと途方にくれちまって、早くだれか来てくれないかなあって」

「ご結婚は？」

「めっそうもない」

「恋人は？」

「ありません」

「友人は？」

「いませんね。孤高ってやつです」

砕ける波音が磯から這い上がってきます。窓の外をカモメが横切りました。

「シャイさんのその心境から生まれたのが、荒磯に立つこの空中寿司店というわけですね？」

「へい。人を拒絶しながら、人がやって来ることを望んでいる……アタシは、矛盾の塊なんです」

「そうですかね。私は、それこそが人間なのだと思いますよ。さあ、もうすこし飲みましょう」

シャイさんは顔を真っ赤にしてうつむいています。今にも泣きそうな表情で目を潤ませています。私は立ち上がり、シャイさんのグラスに伊豆海を注ぎました。

「人が嫌いなのに人が好き。作家なんかに多いんじゃないですかね。気難しい人というのは、だいたいそうですよ。さあ、それではそろそろ始めますか。シャイさんと、このイガ寿司のお客さんのために、今日は特別なものを用意してきました」

「はあ、本当に作ってくれるんで？」

私はリュックサックからビニールで幾重にも包んだものを取り出しました。匂いが漏れたらどうしようと、実は列車のなかで気をつかっていたのです。

「一日に一人か二人、もの好きだけがやってくる店になればいいということですよね」

シャイさんは「へい」とうなずきつつ、目を瞬かせて私の包みを見ています。

「それはいったい、なんですか？」

私は窓の外を指さしました。

「伊豆大島産のものを買ってきました。トビウオのくさやですよ」

え？　と、シャイさんの顔がこわばりました。鼻にしわを寄せています。

「いや、ご勘弁を。臭いのきついものは寿司屋には御法度なんで。アタシは納豆巻きだってやってないんですよ」

「そんなものはあなた、気にしちゃだめです。窓を開ければ、ここは世界一換気のいい寿司屋でしょう。とにかくやらせてください」

私はリュックから携帯ガスコンロも引っぱり出しました。

「ここで炙るんで？」

「そうです。伊豆大島産のなかでも一番臭いやつをね」

「おお！」

シャイさんの顔が再び真っ赤になりました。ムンクの「叫び」に描かれた雲のような顔色で、コンロの網に乗せたくさやを凝視しています。

「新島、八丈、三宅、伊豆大島。この四島がくさやの本場ですね。何十年も漬けこんだくさや汁に魚を浸して、海風で干して作ります。発酵した魚醤といえば聞こえはいいですが、知らない人には驚異的な臭いです。腐敗臭としか思えない。でも、好きな人にはたまらない。しかもこれから作るのは麦わら料理ですから、一応、手間をかけます。このまま炙るわけじゃないんですよ」

もうひとつの包みを私はカウンターに置きました。

「それはなんですか？」

「世界で一番臭いと言われるチーズ、フランスのエポワスです」

「おお！　神様のおみ足！」

え、なぜ？　と、私はシャイさんの顔を見ました。なぜ知っているのだろうと。

強い酒で丹念に拭きながら熟成発酵させていくウォッシュチーズ、そのなかでも最も臭いと言われるエポワスは、フランスでまさしくそう呼ばれているのです。

もはや人間の足の臭いというレベルではない！　神様のおみ足！

「シャイさん、よくご存知ですね」

「実はアタシ、寿司屋のくせに……本当は臭いものが大好きなんです。一度エポワスを食ってみたいと思っていました」

おお！　と、こちらが叫ぶ番でした。こうなればもう問題はありません。互いにすこし酒も入っていますし、私たちは「おお！」「おお！」と十回ほど声を掛け合いました。

私はエポワスの硬い外皮を指ではがし、なかのねっとりとしたチーズをくさやの上に垂らしました。そしてコンロに火をつけ、日仏合作のチーズくさやを炙り始めたのです。

「ああ、臭い！」

思わず私までもが声に出してしまいました。鼻が曲がるなんてものではありません。目にしみるのです。

「あ、本当に臭い。これは、臭過ぎる！」

真っ赤な顔でシャイさんが震えています。この激烈な臭いを本能的に拒絶しつつ、しかし喜びが体を駆け抜けているのです。

「シャイさん、さあ、窓を開けてください。この臭いを店の外に流しましょう！」

シャイさんが窓を、私が扉を開けました。海風が通り抜け、チーズくさやの煙が水平に棚引きました。強烈な臭気が海岸沿いの森の方へ流れていきます。

「おお、あれを！」

煙に吸い寄せられるかのように森のカラスたちが集まってきます。カラスたちは編隊を組み、ギャーギャー叫びながら煙に突っこんでいきます。

「あ、あれを！」

シャイさんが背の高いクヌギの木を指さしました。森のネズミたちが幹を登り、チーズくさやの煙の臭いを嗅ごうと枝先へ進んでいきます。白いハツカネズミや褐色のヤマネズミに混じり、私が初めて見る青や黄緑のネズミたちもいました。

「わ、あれを！」

今度は私が窓の外に指を向けました。逆風とあって臭いは届いていないはずなのに、いきなり海面が割れ、数頭のイルカたちがジャンプしたのです。アマゾンカワイルカのようなピンク色の一頭が混じりました。ドーンとしぶきをあげ、イルカたちは海面に落ちていきます。

「みんな、活性化してきましたね！」

「へい」

あまりの臭気に、空間そのものが閉じるように拒絶し、また等しく歓喜に沸き立ったのでしょう。ねじ曲がった空間からの波動が生き物たちにエネルギーを与えているようなのです。

しかし、肝心の客は？　と私が思ったそのときでした。

「すいませーん、やっていますか？」

鉄塔の下から人の声が聞こえたのです。私とシャイさんはドアから同時に顔を出しました。はしごの下で、初老の男性がこちらを見上げています。私はシャイさんの代わりに、「いらっしゃい！」と声をかけました。

男性は額の汗を拭いながらはしごを登ってきます。「お客だ」とシャイさんはつぶやき、弱ったような、しかし込み上げる喜びを隠せない表情で厨房に戻りました。

「いやあ、臭いのなんのって、ひどい臭気ですな。しかし、私は臭いものには目がなくてね。

ひょっとしたら、シュールストレミングの握りでも食べさせてもらえるんじゃないかと」

おや、この人は詳しいと私はすこし驚きました。世界一臭いと言われているスウェーデンのニシンの塩漬けの名を出したからです。そういえば、臭い食べ物の本を書いた農業大学の先生にお顔が似ているような気がしました。

ひょっとして、K先生？

私の仕事はここまでです。寿司と酒のお代を払ったあと、麦わら料理の材料費と交通費に二九〇円の相談料を加えた額をシャイさんからいただきました。

そこで私は気づいたのです。とてつもなく臭いこのチーズくさやをまだだれも食べていないことに。

シャイさんと私、そしてお客の男性は、炙ったチーズくさやを恐る恐る口に入れました。

「あー、臭い！　だめだ、涙腺……決壊」

K先生らしき男性は本当にほろほろと涙を流し、それがよほど嬉しいのか高笑いしました。

私は一瞬気が遠くなり、南南西に向かって倒れそうになりましたが、口中に弾ける強い旨味によって引き戻されました。シャイさんは顔を真っ赤にして、「臭い、うまい、臭い、うまい」とぼそぼそ言葉を噛んでいます。そして、こう言ったのです。

「この料理の名は、『卒倒寸前』にしましょうか。アタシの人生みたいなものだ」

私とお客さんは顔を見合わせ、うんうん、と無言で数回うなずきました。

さあ、無事にはしごから降りることができたら、荒磯のてっぺんで脱いでしまおうっと。

第三話

池袋 平和通り

東京を代表する繁華街のひとつ、池袋。

日本が経済繁栄なるものを目指してゲタを履こうとしていた頃のこの街の姿を、私は一メートルにも満たない目の高さで覚えています。巨大ターミナル駅の喧噪からわずかに離れた裏町の、人間図鑑をひも解くような暮らしです。

たとえばそれは、銭湯でしょうか。

うちは風呂のないアパート住まいでしたので、私は祖母とともに、「平和湯」という名の銭湯に通いました。脱衣場に置かれた白黒テレビでは、少年のように若い布施明が『霧の摩周湖』を歌っていました。番台横の冷蔵庫には飲み物が並んでいて、たまに祖母がフルーツ牛乳を買ってくれました。口に心地よく甘く、南国風の香りが子どもをも陶然とさせる飲み物です。私はその瓶を大事に抱え、半裸の大人たちに交じってテレビを眺めていたのです。本当は歌番組ではなくて、『ウルトラQ』を観たいのにと思いながら。

銭湯はいつもにぎわっていました。内風呂のない暮らしがさほど珍しくない時代だったのです。小さかった私は祖母に連れられるまま女湯に入っていました。洗い場に太った女性が現れると、「よこづな、はっけよい!」と決まって叫んだようで、祖母がそのたびに裸で謝っていた記憶があります。もちろん、謝られている人も裸です。毎日何十人もの他人の裸を見て、そのあとはいっしょにテレビも観る。それが当時の「平和通り」での普通の暮らしだったのです。

平和湯の前には菓子店がありました。ごくたまに、祖母が飴玉やアイスクリームをここで買ってくれました。私は練乳味の十円のアイスキャンディーが好きでした。円錐形のいちごの形をした、真っ赤なのもありました。あれはたしか、五円だったはずです。口のなかにいつまでも粘っこい甘さが残り、舌には色がつく代物でした。子ども心にも、これは似せてあるだけでいちごとはなんの関係もない、なにかよからぬものだという感覚がありました。

菓子店の隣には書店がありました。絵本が並んだ棚からはなぜか、『仮面の忍者　赤影』のアイマスクがぶら下がっていました。私はどんな本よりも、実はそれが欲しかったのです。でも、うちには生活の余裕がありませんでしたから、買って欲しいとはなかなか言い出せませんでした。

ただ眺めるだけなら、「蛇屋」も面白かったです。昭和のあの頃は生きているマムシを売る店があったのです。通りに面したガラスの仕切りのなかに、隙間なく絡み合った何百というマムシたちがいました。焼酎につけてマムシ酒にしたり、蒲焼きにして食べたりする一部の精力剤愛好家のための店だったのでしょうが、私は店主の顔も、お客がいたかどうかも覚えていません。蛇屋の前を通るときは、ただひたすらマムシたちに目が吸いこまれていたからです。すべての蛇がこんがらがり、玉のようになってうごめいている光景は、恐ろしげであり、気味わるくもあり、同時にまた、命宿るものの神秘そのものでありました。

その平和通りに、五十年たって戻ってくるとは思ってもいませんでした。今回私と会うことになったお客様が、通りに面した中華料理店を指定してきたのです。

いや、驚きました。なつかしい場所ゆえ、約束の時間よりも早く池袋に向かい、北口周辺を散歩してみたのですが……駅前から平和通りにかけてが、すっかりチャイナタウンと化していたのです。中華料理店だけではなく、雑貨屋、美容院、書店、旅行代理店、パソコン教室、はたまた風俗店にいたるまで、みんな中国語の看板を掲げているではないですか。しかも横浜の中華街や神戸の南京町とは違い、観光客を目当てにしているようには見えない街並です。むしろ、中国のみなさんが助け合って生活をしていくために、新しい街が生まれたという印象を受けました。

平和通りの入り口に建つ雑居ビルも、オフィスの窓は中国語だらけでした。なんといっても半世紀ぶりの訪問です。風景が変わっていることは覚悟していましたが、それは今この時代の、携帯ショップやスタバなどが目立つ繁華街を予測してのことでした。まさか、こうまで異国風になっているとは想像もしていなかったのです。

すっかり様相を変えてしまった平和通りを歩き、私はお客様のブッツリさんと待ち合わせた店を探しました。蛇屋はもうありませんでした。菓子店も姿を消していました。平和湯があった一画もビルに変わっています。風景はことごとく転じ、ただ平和を冠にいただいた通りの名前だけが変わらずにあるのでした。

寂しさに近い感情を抱きながら、私はタイル敷きに変貌した通りを歩きました。いえ、私は平和通りの変化を嘆いているのではありません。中国の人たちが増えたことにマイナスの印象を抱いたわけでもありません。ただ、五十年という歳月が過ぎてしまったことを、一歩踏みだすたびに全身でしみじみと感じていたのです。

約束をした中華料理店はすぐにわかりました。中国東北料理を謳った置き看板があります。店前には発砲スチロールの箱があり、網に入れられたウシガエルたちがもぞもぞと動いていました。カエルの唐揚げが自慢の店なのかもしれません。

私がカエルたちを見ていると、背後からいきなり「麦わらさんですか？」と声をかけられました。振り向くと、シャツのポケットから青いハンカチを覗かせた初老の男性が立っていました。白髪頭で微笑んでいます。メールでやり取りをしたとき、待ち合わせの目印にと彼が選んだのが青いハンカチでした。私たちは互いに会釈をし合い、店の扉を開けました。

「麦わらさん、このあたりにお住まいだったというのは本当ですか？」

「幼い頃に、ほんの数年だけですが」

生ビールのジョッキを傾けたあとで、ブッツリさんは私の顔を覗きこみました。なにか訊きたいことを我慢しているといった表情です。

ブッツリさんは女性店員に料理を注文すると、「ここは、黒竜江省からやってきたみなさんの店でね」と、幾分低めの声でささやきました。

「中国の東北地方、ですか？」

「そうですね。このあたりで店を構えている中国人の多くは、吉林省、遼寧省、そして黒竜江省の出身者が多いですね。いわゆる戦前の満州です」

「そうですか。私が子どもだった頃とは街の風景がまったく変わってしまったので、びっくりしました」

ブッツリさんは、うんうん、とうなずきました。

「中国のみなさんが移り住むようになって、三十年近くたったでしょうか。第二の中華街なんていわれることもあります。本場の中国東北料理を味わえるので、歓迎している人もけっこういます。でも、街の変化としてはあまりに急激でした。ブッツリと変わってしまいました。ブッツリとね」

店員が湯気の立つ皿を運んできました。醤油ダレで葱と羊を一気に炒めた「葱爆羊肉」という名の料理だそうです。箸で口に運ぼうとすると、まず鼻が喜びました。強火で炒められた葱の香りが、鼻腔をくぐるや爆発的に広がるのです。舌もまた身悶えしました。醤油ダレと絡み合った羊肉の味わいが、遠い大陸の、草原の光と風を運んできます。

ブッツリさんは、池袋北口の変貌についてあれこれ触れながら、一杯目のジョッキを飲み干しました。そしておもむろに、自分の悩みについて語りだしたのです。

「麦わらさんにメールでもお伝えした通りです。私の人生はなにもかも、続かないのですよ。ブッツリと切れてしまう。育むことも、つなげることもできなかった。あっという間に変わってしまったこの平和通りと同じなのです」

「でも、私は中華街、好きですけどね。食べ物もこんなに美味しいし」

琥珀色をした腸詰めとエシャロットの炒め物を口にいれながら、私は今日の仕事が始まったことを自覚しました。腸詰めは蜂蜜を使ってあるのか、口中に上品な甘さが咲いていきます。

「私も好きですよ、中華街は。ただ、自分の人生に対しては、肯定的なことはなにも言えません。たとえば大学の頃、私はすこし哲学をかじったのです。でも、社会人になるときにブッツリとやめてしまった。会社も三回やめました。ブッツリ、ブッツリ、ブッツリと。結婚もね、一度はしてみたんですが、これもブッツリとです」

「お子さんは?」

「息子がいます。もう成人して家庭を持っています。息子とも、あるときまではつながりがあったのですが、これも……」

「ブッツリと?」

「はい。ブッツリと」

どう返事をしたらいいのかわからず、私はしばらく黙りました。ちょうど次の皿が運ばれてきたので、箸を伸ばしました。「地三鮮」という中国東北地方の名物料理だそうです。ジャガイモとナスとピーマンを塩ダレで一気に炒めたものです。

ほくほくのジャガイモを口で転がすと、強い香りと旨味が広がります。飲みこむのに多少の時間がかかりました。ブッツリさんは二杯目のジョッキを呷り、天を仰ぐような仕草をしました。

「若い頃は気にしませんでしたよ。どういう生き方をしようが自由だった。しかしこの年齢になると、ボクシングでジャブを連打されたかのように効いてきます。すべて途中でやめてしまった。なにも残っていないじゃないかって。もちろん、ブッツリ、ブッツリやってきたのはこの自分で、自業自得なのですけどね」

「そうですかね？　この近くにお住まいで、街の変化を見続けてきたのなら、すくなくともそれだけはブッツリしていないじゃないですか。池袋にずっといらしたのですよね？」

「それはまあ、そうですが。そのことだって私は苦しいのです。本当は私、この平和通りで継ぐべき仕事があったのですよ。親は大学まで行かせてくれたのに、稼業を継ぐのはブッツリ断った。結果的にうちの店は、平和通りから姿を消すことになりました」

「平和通りでお店を？　どのあたりですか？」

「平和湯という銭湯をご存知ですか？」

箸を持つ私の手が止まりました。

「ご存知もなにも、幼い頃、祖母に連れられてそこに通っていましたよ」

「ほう、そうですか。うちは、平和湯の斜め前で、文房具店をやっていたのです」

「お菓子屋さんの横の？」

「そうです」

私の脳裏に、オート三輪が走っていた頃の平和通りの風景がよみがえりました。「平和文房具店」の看板の下で、『仮面の忍者　赤影』のアイマスクをした少年が踊っていたという記憶とともに。

まさか、あの少年が。

胸のなかでシンバルが鳴りました。

私はほんの小さな頃、同じく子どもだったブッツリさんを見かけたことがある！

確信に近いものがありましたが、口にはしませんでした。記憶のなかの少年が仮面で顔を隠しているなら、たとえ半世紀の歳月が流れても彼の正体を暴いてはいけないのです。少年は赤い仮面をつけることで、何者かに変身する夢を見ていたのですから。

「おお、これこれ、うまいですよ」

羊肉の水餃子が大皿で運ばれてきました。湯気とともにパクチーの香りがふんだんに巻き上がります。中国人の店員はもうひとつ、角張った花柄の徳利をテーブルに置き、「飲み過ぎに注意して」と日本語で告げていきました。

「さあ、どうぞ」

ブッツリさんは、私に小振りのグラスを差し出し、徳利から酒を注ぎました。透明な酒です。店の灯りを受けて、酒精が光っています。

「白酒《ぺーチュー》です。アルコール度数が四十度以上あってきついですから、先に水餃子をどうぞ」

うなずいた私は水餃子を蓮花ですくい、小皿に乗せました。黒酢を振りかけ、立ち上る湯気ごと口に運びます。

胸のなかで無音の歓声があがり、私は目をつぶりました。水餃子の皮が舌の上で躍ります。羊肉とパクチーの香りが鼻の奥にまで語りかけ、肉汁の旨味が口内いっぱいに広がります。そこを黒酢が爽やかに締めるのです。「口福」とはこのことを言うのでしょう。私はたまらなくなり、グラスの白酒に唇をつけました。強く、しかし品のあるアルコールの香りが放たれ、パクチーの縄張りをあっという間に狭めます。口に注ぐと、細やかな花が一面に咲いたかのように、口内にきらめきが走ります。白酒は水餃子の脂気と旨味の余韻をすっかり洗い、さらにそれらを咽へと流しこんでいくのです。

口も、咽も、食道も、仄かな火で炙られたかのように熱くなりました。その温度がとても心地よいのです。羊肉の水餃子と白酒の組み合わせはまさに鉄壁、広大にして繊細であり、完全なる円環を作るものでした。私はその輪のなかに落ちてしまったのです。

ブッツリさんも、水餃子と白酒を交互に口に運んでいます。二人とも、しばらく無言になりました。

「地域の料理とそこで生まれた酒は……」

言いかけたブッツリさんは口を動かしながら、「やはり合いますね」とまとめ、なにか問いたげな表情で私の顔を見つめました。

「なにか？」

「麦わらさん、あなたはとても不思議な人だ。実に……謎に満ちている」

「そうですか？」

「ここまで来ていただいたのは、自分の人生の苦さをだれかに話してみたいという気持ちがあったからです。でも、本当はね、麦わらさん、あなたに興味を持ったのですよ。たった二九〇円で、お助け料理まで携えて他人の悩みを聞きに来てくれる。いったい、どういう人物なんだろうってね。実際に、会ってみたかったのですよ」

「いや、なんの取り柄もない人間ですよ」

「ちょっと聞いていいですか？」

白酒のグラスを手にしたまま、ブッツリさんが身を乗りだしてきました。

「麦わらさん、あなたも幼い頃にこのあたりにいらしたということですが、それはどこですか？」

私は弱ったなと思いました。自分の過去に関しては、あまり詳細を明かしたくないと思ったのです。それで、こんなふうに答えたのです。

「この店に入る前に平和通りを歩いてみたのですが、さすがに半世紀が過ぎていますからね、当時暮らしていたアパートはもうありませんでした。すっかりなにもかも変わってしまって」

だからそれはどのあたりで？　と、ブッツリさんは少々怪訝な顔になりました。私は構わずに話を続けました。

「でも、平和文房具店の佇まいはよく覚えていますよ。たぶん私は、ブッツリさんより二つ、三つ年下だと思います。小学校に上がる前に、親の都合で引っ越しをしましてね。それこそ、池袋北口の記憶はそこでブッツリ切れているわけです」

ブッツリさんは白酒を一口すすり、「お互いに、ブッツリなんですね」と、すこし酔いの回ってきた口ぶりで言いました。

「まあ、たいていの人なら、ブッツリさよならの経験は何度もあるでしょう」

「そうですかね。仕事でも、芸事でも、あるいは家族を支えていくということでも、なんでもいい。私は、ブッツリ切らずにやって来られたみなさんがうらやましいんです。続けることで得られた人生の実り、と言いますかね。麦わらさん、ご家族は？」

私は首を横に振りました。ブッツリさんは戸惑ったように目を瞬かせ、すいません、と頭を下げました。

「いえ、それよりも……今日の麦わら料理なんですが」

「おお！　待ってました！」

ブッツリさんの声が明るみを帯びました。

「ただ、ここは飲食店ですから、持ちこみはよくないですよね」

「ああ、そうですね。それなら、ちょっと散歩をしますか」

私とブッツリさんは昭和の頃の平和通りの話を肴に、残りの白酒を飲み干し、店を出ました。

酔った二人が向かったのは、平和通りに入り口を構えた「池袋の森」という公園です。もうすっかり夜でしたので、通りは飲食店や風俗店などの照明でずいぶんときらびやかでした。どこからか酔客の歌声も聞こえてきます。ただ、木々の生い茂る公園だけが、先に眠りに就いてしまったかのように静まり返っていました。

私はブッツリさんと公園の遊歩道を進み、仄暗い広場のベンチに腰かけました。ブッツリさんが公園の説明をしてくれます。

「ここは奥に池もあるんですよ。有名な植物学者の屋敷があった場所です。都会の真ん中の貴重なオアシスです」

「覚えていますよ。昔はここでよく遊んだものです。私はなぜか、幼稚園の制服を脱ぎ捨てて、草むらでひっくり返っていました」

ほう、とブッツリさんが身を乗り出してきたのが暗がりでもよくわかりました。

「麦わらさん、そんな幼い頃のことをよく覚えていますね」

「去らなければならなかった場所だったからこそ、そこにいた記憶を大事にしているのではないですかね。もしもずっと住んでいたら、果たして覚えていたかどうか」

デイパックのなかから、私はビニールの包みを取り出しました。

「今日の麦わら料理は、これです。申し訳ないのですが、料理ではないのですよ」

包みのなかのものを、私はブッツリさんの手に乗せました。

「これは?」

掌に収まる小さな皿に、カットされたリンゴが乗っています。朝に切ったので、リンゴの表面はすでに黒ずんでいました。

「いったい、どういう……」

意味がわからないといった表情で、ブッツリさんが首を傾げます。

「ブッツリさん、子どもの頃、池袋駅のデパートにも出かけましたか？」

「はい、それはもちろん。週に一度くらいは出かけたかなあ。物見遊山で、買い物をするわけではなかったですが。あの頃は、西武デパートではなくて、丸物（マルブツ）という名の百貨店でしたね」

私は胸ポケットから一枚の原稿用紙を取り出しました。「ちょっと読みますね」と、そこに記した自作の詩を朗読したのです。


「屋上の象」


池袋のデパートは昔、屋上が動物園だった。

幼稚園が終わるとぼくは走っていき、象の檻に向けて手を伸ばした。

象は鼻先でぼくの手に触った。

それからまぶたまで緩ませて、はっきりと目で笑った。

あの象はどこに行ってしまったのだろう。

東京を洗う波が寄せたり引いたりしているうちに
デパートは新しくなり、動物園はなくなり、象は消えてしまった。
もしあの象がまだどこかで生きているとしたら
檻にしがみついていた子供を遠くに思いだすことがあるだろうか。
自らが人間の子供に笑いかけたことも。
東京の波打ち際に、崩れかかった砂人形が二つ立っている。
かつて、ひとつは子どもで、ひとつは象だった。
あと幾つかの大波がくれば、砂人形は跡形もなく消え去るだろう。
精一杯の小さな手と、待っていたよというあの目も。

私が詩を読み終わると、ブッツリさんは、おお！　おお！　と何度も声をあげました。

「思い出しましたよ！　そういえば、丸物の屋上は動物園でしたね。たしかに象がいました。ペンギンも」

「虎もいましたよ」

ブッツリさんは両手を頬に当てました。そして、「このリンゴは象の檻の前の……」と正解を言い当てたのです。

「そうです。一皿二十円でした。お金のある家の子だけが、このリンゴを買って象にあげることができたのでしょうね。私は一度も買えませんでした。だから、檻の前に置かれたリンゴへの思いがまだ残っているのです。手が届かなかったからこそ」

「それを私に……？」

掌にのったリンゴと私の顔を、ブッツリさんは交互に見つめます。

「自分の人生も、ブッツリさんと同じです。続いているものよりも、途切れてしまったことの方が多いです。でもだからこそ、もう会えないからこそ、思いは強くなる。そんなときに詩が生まれます。詩には、ブッツリと切れたものを結ぶ橋のような役割があると私は信じています。だから私は時折、詩を書くのだと思います」

ブッツリさんはそこですこし黙りこみましたが、私の言葉をなぞりました。

「そうか。詩は橋でもあったのか」

「ひとつの見方ですがね」

「けれど麦わらさん、私は詩を書いたことなんてないです。才能があるとも思えない。つまり私には、橋を作ることはできませんね」

いいえ、と私はすかさず答えました。

「書かずとも、詩を生きることはできますよ」

「詩を生きる？」

「規定された現実からはずれることです」

「はずれる？」

「たとえば中国東北部から出てきて、この池袋で新しい人生を始めた華僑のみなさんは、現実のなかでお金を儲けなければいけないでしょう。それは目的にはなっても、詩にはならない。でも、彼らが作る料理の数々は、中国東北部の夢をのせてきます。それを日本のお客さんに食べさせるのは、ある種の詩を生きるということではないでしょうか」

「そういう考え方もできますか？」

「これだけ働けばこれだけ儲かる。それが労働の基本的な考え方だとすれば、たった二九〇円で他人様の悩み相談を受けている私も現実に抗っているわけです。詩はそこに生まれます」

「つまり、麦わらさんは詩のために人助けを？」

「そういうものでもありません。ため、ではないのです」

「ああ、私にはよくわかりません……」

ブッツリさんがうつむきました。私はブッツリさんのひざに置かれた皿から、リンゴをつまみ、口に放りこみました。ブッツリさんも遅れてリンゴにかじりつきます。二人でリンゴを咀嚼するサクサクという音が「池袋の森」の暗闇に響きました。

「デパートの屋上にたった一頭でいたあの象さん……もう生きてないでしょうねえ」

私が問うと、ブッツリさんがゆっくりとうなずきました。

「屋上の動物園が閉鎖されるとき、どうやって象を下ろしたんだって、母が話していたことを思い出しましたよ。なるほどこのリンゴは、あの時代に引き戻してくれますね。詩を生きるって、そういうことですか？」

私は返事をせず、あの象の目を木々の暗がりのなかによみがえらせていました。象は子どもだった私が近づくと、本当に微笑んでくれたのです。そして今も、歳月を越えて、長い鼻をそっと延ばしてくるのです。

第四話

上野 不忍池

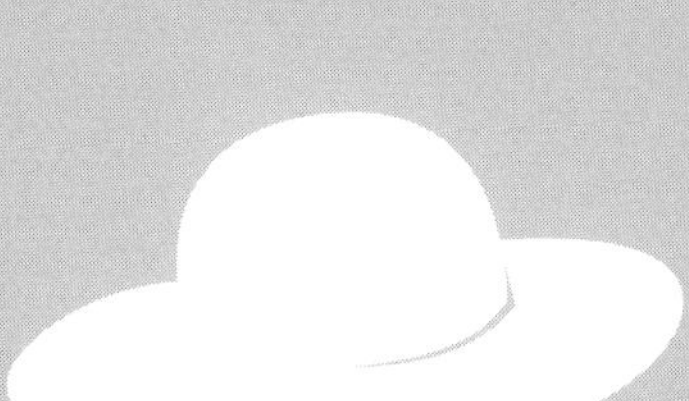

空は真っ青な秋晴れです。池を覆うほどに繁茂した蓮の葉の連なりをかすめ、色とりどりのトンボたちが飛び交っています。蓮の葉の一枚ずつがあまりに大きく鮮やかで、魔力を感じるくらいの緑です。蓮とはこういう表現をする命だったのかと、思わず歩くのをやめて見入ってしまいます。

ただ、周囲にまで目をやれば、池の印象は変わります。西にはタワーマンションなどの背の高いビルが立ち並び、東の空は東京スカイツリーに串刺しにされています。これが二十一世紀の上野、不忍池の風景なのです。

加えてもうひとつの現代があります。平日の午後だというのに、遊歩道のどのベンチも人々でふさがっているのです。座っているのは疲れた顔の男性ばかり。営業の外回りの途中なのでしょうか。スーツを着たまま眠りこけている人もいて、その寝顔がやけに重たげなのです。あ、疲れたなあ、今日という日に。いや、人生そのものに。そうした吐息を感じさせる何百もの萎びた顔が、蓮の葉のごとく、円周状に並んでいるのです。

この池は天然の泉であり、江戸の頃からの名勝ですから、疲れを癒すため、希望を取り戻すために訪れた人々は、いつどの時代にもいたはずです。戊辰戦争で上野の山が焼かれたとき、彰義隊の生き残りはどんな思いでここに佇んだことか。関東大震災の際、ここに逃げこんでこられた方々もそうでしょう。黒雲渦巻く帝都を背景に、この蓮の緑はどんなふうに映ったのか。

戦後の焼け野原の頃は、身寄りのない人や戦災孤児が集まった地としても知られています。その無茶苦茶な時代にも、蓮は緑の丸い葉を天に向けて、なにかを語ろうとしたのでしょうか。

ひょっとするとこの池は、蓮の花をのんびり愛でた人よりも、これからどうやって生きていけばいいのだろうと、呆然とした表情で緑の葉を見つめた人たちの方が多かったのではないでしょうか。そう感じてしまう歳月の溜まりのようなものが、不忍池の水面にはあるのです。

上野野外音楽堂を過ぎ、池を半周したあたりで、私はベンチを諦め、植え込みのブロックの縁に腰かけました。まだ温かなパンダ焼きを紙袋から取り出し、腹のなかにひとつ入れておこうという算段です。上野恩賜公園のなかをぶらぶら歩いてこちらに来る際、露店で見かけて買ったものです。

パンダ焼き。これはつまり、大判焼きですね。あるいは今川焼き、または回転焼きと呼ぶべきでしょうか。地方によって呼び名は変わりますが、どれも同じものです。鉄板の鋳型に小麦粉と砂糖を溶いた生地を流しこみ、あんをのせて焼成する菓子です。焼印を押してパンダの親子の絵柄をつければ、それがパンダ焼きになります。このあたりではこうした菓子がよく売れています。上野駅の売店でも、パンダ型のクッキーやトルテなど、動物園のスターにあやかった菓子が目につきました。

武骨そうなおじさんがこしらえていたにもかかわらず、パンダ焼きには繊細な味わいがありました。粒あんが上質だったのです。できたてで、温かだったこともよかったのでしょう。あんの柔らかな甘みが口のなかに穏やかに広がり、品のいい小豆の香りが鼻に抜けていきました。おお、これはうまい。これならパンダの絵をつけなくても売れるのではないかと思ったのですが、そうなるとただの大判焼きです。命名に困りますよね。やはり、上野界隈でこの菓子を売るなら、パンダに頼った方がよさそうです。

私がなぜパンダ焼きを買ったのか。それはお客様への接遇を前にして、血糖値を少々高めておこうと思ったからです。よく言われることですが、甘いものを食べると頭がシャッキリするような気がします。また同じ理由で、苦悩を抱えた私のお客様にもすこし頭をラクにしていただきたいと思ったのです。自分のため、そしてお土産用として、パンダ焼きを買ったわけですね。

頭が疲れているときは甘いものを食べるとよい。私も血糖値のマジックを信じている一人ですが、これは一種の民間信仰のようなものでしょう。甘いものがクセになると身体にはよくありませんから、医学的には勧められないと耳にしたことがあります。

しかし、かの文豪ゲーテも、執筆で疲れた弟子のエッカーマンに葡萄を差し出し、「頭が疲れたときは、こういう甘いものを食べるといい」と語るくだりが記録されています。古今東西、ああ、もうイヤになっちまったなあというときは、甘いものに支えてもらって、みんななんとかやってきたのです。

さて、パンダ焼きを味わい、植え込みで思い切り背伸びをしたあと、私は不忍池を離れました。いよいよ二九〇円を儲けるための仕事の時間です。私は、車の往来が激しい不忍通りを歩きだしました。片手には、お客様の住所を記したメモがあります。

このあたりは池之端という地名で、東京大学の広大なキャンパスが広がる本郷の丘に向かい、緩やかな傾斜地が続きます。私のブログ「麦わら料理」に苦悩のメールを送ってこられたお客様は、東大病院のすぐそばのアパートにお住まいなのです。彼からのメールにはこう書かれていました。

麦わらさん、初めまして。ぼくは浪人です。でも、ただの浪人ではありません。東京大学に十六年連続で落ち続けています。つまり、今年で十六浪です。親はもういい加減、東大受験には見切りをつけろと言います。ぼく自身、新しい人生を目指すべきではないかとも思うのですが、ここで諦めてしまうと、それならいったいこれまでの歳月はなんだったのか？　という苦しい問いがやってきます。ぼくはいったいどう決断したらいいのでしょう。どうぞ、ぼくに麦わら料理を食べさせてください。そして、

――東大を諦める方がいいのかどうか、これからの道を示していただけませんでしょうか。
十六郎――

十六浪の十六郎さん。いったいどんな青年なのだろう？　いや、十六浪もするともう青年と呼べる風体ではないかもしれないな。などと考えながら、私は池之端の狭い路地を抜け、でこぼことした坂道を上り、東大のキャンパスの方へ近づいていきました。

十六郎さんがお住いのアパートはすぐにわかりました。築五十年ほどでしょうか、もとは何色だったかわからない木造二階建ての家屋です。半ば壊れたような外付け階段の手すりには、「メゾン・シャグラン」と書かれた板切れが貼りつけられていました。フランス語のカタカナ表記ですが、日本語なら「陰気な家」、「哀しみ荘」といった意味になるでしょうか。

十六郎さんのお部屋は一階の一番奥にありました。目の前が東大病院の壁で、ほとんど日の差さない場所です。朽ちたドアには短冊が貼られ、なにやら文字が並んでいました。

『受験勉強中なので、ドアは一度だけ静かにノックしてください。新聞勧誘お断り。テレビありません。勉強の邪魔したやつ、透明な犬を放ちます』

このまま引き返した方がいいのではないかと思いましたが、一度深呼吸をしてから、私は抑え気味にドアをノックしました。だれも出てこなければ、本当にそのまま帰るつもりでした。

でも、出てきてしまったのです。長い髪がぬっと現れ、その下に黒縁眼鏡のぎこちない笑顔がありました。十六郎さんご本人の登場です。

「麦わらさんですか？」

「はい。参りましたよ」

頬がぴくついていたかもしれませんが、私もなんとか笑顔を返しました。スウェットの上下を着た十六郎さんは、「どうぞ」と手招きをします。言われるまま玄関に立つと、場末の古書店のようなすえた匂いがしました。

「さあ、どうぞ」

上がりかまちのすぐ奥に、薄暗い部屋がありました。案内されるまま私はそこへ入りました。十六郎さんが明かりをつけると壁一面が赤く輝きました。

「おお！　これは……」

私は思わず唸りました。なんと、壁に見えたものは、すべて積み上げられた東大入試の過去問題集、俗にいう『赤本』だったのです。ただ、よく見れば、赤の間にオレンジや柿色も点在しています。全体としては赤っぽいのですが、暖色系での揺れがあるのです。

「これはすごいコレクションですね」

あまりの赤色の洪水に私がのけぞると、十六郎さんは、肺が小さくなったような、乾いた笑い方をしました。

「ははは。六十年分の東大過去問集のすべてですよ。たぶん、東大赤本コレクターとしては、ぼくが日本一ではないかと思います」

「そんなに昔からこの本はあるんですか。赤一色ではないのですね」

「はい。時代によって表紙の色がすこし変わりますね。マニアの心をくすぐります」

私はそこであることに気づきました。たしかにこの赤い壁は東大の過去問集だけで作られています。しかし、だからこその不自然さがあったのです。『東大理科一類』の横に『東大文科二類』が並んでいます。医学部進学の『東大理科三類』があれば、法学部の『東大文科一類』があります。つまり、理系と文系が混在しているのです。

「十六郎さん、東大一直線でここまで頑張っていらしたということですが、理系なんですか、文系なんですか？」

その瞬間、黒縁眼鏡のレンズの奥で、神経質そうな瞬きがありました。十六郎さんの唇がぎゅっと尖ります。

「麦わらさん。人間は、理系と文系の二つに分けられるものでしょうか？　社会に於けるあらゆる問題は、本来なら有機的につながる存在を、カテゴライズによって二分化するところから始まるのだと思いませんか？」

いけない、地雷を踏んでしまったと焦りながらも、私は表情を変えずに問いを続けました。

「それはもう、おっしゃる通りだと思いますよ。でも、国立大学の受験はそういうわけには行きませんよね。どうされているのですか？」

「東大受験の艱難辛苦を前にしてもカテゴライズされない人間であり続けようとするぼくは、毎年交互に理系と文系を受けています」

「え？」

私の脳裏に「非効率的」という言葉が浮かびました。しかしそれは的を射られていない言葉だと思いました。もっと凄まじきなにかが十六郎さんにはあるのです。

「すると、来年の受験は？」

「理科三類です」

「医学部ですよ。日本の大学受験最難関の？」

「はい」

背中に冷たいものが現れ、全身に広がりました。私は十六郎さんにパンダ焼きの入った紙袋を差し出しました。

「お土産です。まず、甘いものでも食べて、これからのことを考えましょう」

十六郎さんは小さな声で私に礼を言うと、長い髪のなかから口を探すような仕草をしてパンダ焼きにかじりつきました。そしてひとこと、「甘い」とつぶやきました。

「受験で頭がお疲れでしょうから、すこしリラックスしてもらおうと思いまして」

うなずいているのか、長い髪が前後に揺れます。

「では、これが麦わら料理なのですか？」

「いいえ、ちゃんと別に用意してありますよ」

「よかった」

安心したのか、十六郎さんは髪のなかでパンダ焼きを咀嚼しています。よかったじゃないだろう、と私は内心反発しつつも、さて、これからどう話を進めるべきかと考え始めました。昼間でも灯りが必要な部屋です。ここでたった一人、十六年にもわたって立てこもっていた人なのだと思うと、迂闊なことは言えません。

すると、十六郎さんの長いため息が聞こえたのです。見れば、あごの動きが緩慢になっていきます。彼はまだ半分残っているパンダ焼きを手にのせ、空気が湿気っていくような息をもう一度吐きました。こちらの心の動きを察知されてしまったのだろうかと、私の脇は少々汗ばみました。

「パンダ焼き、甘すぎましたかね？」

私はわざと軽い口調で尋ねました。「そうですね」と十六郎さんは髪を揺らします。

「こういう甘いものを、いきなり一個丸々食べない方がいいと思うんですよ。血糖値が上がって、膵臓に負担をかけますから」

「ああ、そういうことですか」

なんだ、休んでいただけなのか。気をまわし過ぎたようだったと安堵した瞬間、十六郎さんは空いている左手で自分の頭を小突き始めました。パン、パン、と乾いた派手な音がします。

「あの、頭はあまり叩かない方がいいんじゃないですか。一応、受験生なんですし」

「いえ、ぼくがあまり不甲斐ないから、とうみんがかわいそうだと思いまして」

「とうみん?」

さあ、わからなくなってきたぞ。彼はやはり長い浪人生活によって精神のどこかが侵食され、リアス式海岸のように入り組んでしまった心の持ち主なのかもしれない。とうみんってなんだ? 島民? それとも冬眠? どちらにしても意味がわかりません。

「本当にかわいそうです。こんなぼくのために、多くの島民が総出で……」

「ということは、やはり……どこかの島なんですか?」

「膵臓なんだから、ランゲルハンス島に決まっているじゃないですか」

え? 膵臓?

「血糖値が上がれば、それを抑えようとしてランゲルハンス島のベータ細胞からペプチドホルモンが分泌されますよね。いわゆる、インスリンですよ」

十六郎さんは、髪の間から覗く黒縁眼鏡の片方の目に力を入れ、私をじっと見ます。

「麦わらさんは、インスリンの語源を知っていますか？」

「いえ」

「ラテン語の『Insula』です。体内が閉じられた海だとすれば、膵臓は島なんですよ。ぼくには見えます。こんなくだらない人間のために、ランゲルハンス島でまじめにインスリンを汲みだしている島民たちの姿が。ぼくのような役に立たない者が甘いものを食べたばかりに、懸命に働かなければいけなくなった島民たちのその表情が……」

うなずくべきかどうか迷いましたが、十六郎さんの片方の目は私を捉えたままです。私はつい、「島民はどうやってインスリンを汲み出すのですか？」と聞いてしまいました。

「それは、もちろん、井戸からです。縄のついたつるべを落として、島民みんなでインスリンを汲み出すんです」

半分残っているパンダ焼きに十六郎さんが顔を近づけました。匂いを嗅ぐような仕草です。しかし、食べようとはしません。

「パンダの匂いはしませんね」

「それはまあ、ただの今川焼きですから」

「どうせ、バカにしているんでしょ、ぼくのこと」

「いえ、とんでもない。インスリンの語源が島だなんて知りませんでした。さすが、東大を狙うだけの方だと思いましたよ」

　十六郎さんがお地蔵さんのように固まりました。息もしていません。妙な沈黙です。東大と言わなければよかったかなと、私は自分の言葉の軽さを悔いました。しかしその直後、彼は残りのパンダ焼きを一気に口に入れ、そのまま飲みこんでしまったのです。これは血糖値が爆発的に上がる食べ方です。十六郎さんのランゲルハンス島で、必死になってインスリンを汲み出そうとする島民たちが見えるようでした。

「どうして、そんなに急いで？」

「島民というのは、もちろん比喩ですよ。メタファーです。でも、仮に島民がいるとしたら、ぼくのことをバカにするに決まっています。だから、慌てさせてやろうと思って」

「あの……」

　私は切り出しました。

「それなら、本当の島に行って話をしませんか？」

「どこのですか？」

「不忍池の弁天島ですよ。人工の島ですけれど、たまには陽の光を浴びながら、のんびりしませんか？　そこで麦わら料理も召し上がっていただきます」

十六郎さんは、「どうしようかな」と唇だけでささやくと、ポケットからゴム輪を取り出し、長い髪を後ろで束ねました。眼鏡の両目と、色白の細長い顔が現れました。


不忍池は、蓮の葉があふれる「蓮池」と、貸しボートを楽しめる「ボート池」、そして上野動物園の敷地内にある「鵜の池」の三つの池から成ります。私と十六郎さんはボート池に沿った遊歩道を通り、弁天島に渡りました。

江戸期にあたり一帯を領地としていた寛永寺は、不忍池を西の琵琶湖に比するものとしました。琵琶湖の竹生島に対抗し、人の手によって築いたのが弁天島なのです。

「いい加減にして欲しいって、ここ数年は親からも言われっぱなしです。東大に入れないばかりか、そのためにすべてが止まったままじゃないかって。就職も、結婚も、このままじゃ、ずっと無理だろうって」

弁天島には、真っ赤な柱や欄干がやけに目立つ弁天堂が建立されています。赤本の次は赤いお寺を背にして、私たちはボート池を臨む石段に座ったのです。水面には十艘ほどの手漕ぎボートが浮かんでいました。その向こうには蓮池の緑の連なりがありました。

「親の言っていることは、ぼくもよくわかります。十六浪ですからね、すねかじりなんてものじゃないです。骨の髄までしゃぶり尽くしているというか。父は普通のサラリーマンなのに、ずっと仕送りをしてくれて」

「でも、十六郎さんは、どうしても東大に入りたいのでしょう？」

「それは、そうなんです。その気持ちだけで今までやってきました。すこしでも合格に近づこうとして、東大病院のそばのあのアパートにも引っ越したんです。だけど、目の前の壁はまるでスイスのアイガー北壁です。ぼくを拒み続ける」

蓮池の方から、川鵜が群れを成して飛んできました。上野動物園のフェンスを越えて、鵜の池へ次々と着水していきます。

「十六郎さんは、どうしてそこまで東大に固執するのですか？」

それを確認しておかなければいけません。理系と文系を交互に受験する彼の無謀なやり方からは、なんのための東大なのか、その理由が見えてこないからです。

「それが……自分でもよくわからないんですよ」

十六郎さんが眼鏡の縁に手をやりました。

「中三くらいからかな、東大に入りたいと熱烈に思うようになりました。でも、なぜだったか、理由が思い出せないんです。なんたってずいぶんと前のことですから」

「それなら、どこの大学でもいいじゃないですか。親にまでそんな苦労をさせて」

彼は首を横に振りました。後ろで縛った髪が左右に揺れます。

「麦わらさん、わかっていませんよ。だからこそ、今さら諦められないんですよ。東大に入れば尊敬されるだろう。最初はそんな思いから夢を見たのかもしれません。でも親に苦労をかけ、ぼく自身もつらい思いをしてきました。十六年もの長きにわたってです。今諦めたら、この歳月がすべて無駄になっちゃいます。までの人生はなんだったのかと」

うなずきはしませんでしたが、私はようやく彼の心のそばに降り立ったような気になりました。それなら、解決の道はあります。

私はデイパックから、アルマイトの弁当箱を二つ取り出しました。

「麦わら料理です。食べましょう」

「なんですか、これは？」

「普通の弁当ですよ。弁天島の弁天堂に腰かけて、弁当を食べるというわけです」

私は十六郎さんの手に弁当箱をもたせました。彼はゆっくりとした仕草で弁当箱のふたを開け、「わあ」と小さな声をあげました。それはおそらく、私への気遣いでした。なぜなら、驚くようなものはなにも入ってなかったからです。卵焼きにコロッケ、筑前煮、あとは白いご飯を詰めただけの弁当なのです。ただ、筑前煮には蓮根を多めに使ってあります。蓮根がメインの煮物という印象です。

「さあ、どうぞ、召し上がってください」

十六郎さんは背を丸め、アパートで見せたのと同じく、うつむくようにして弁当を食べ始めました。そして、「美味しいです」とつぶやきました。でもその声には、この弁当のどこが人助けの料理なのですか、という訴えが含まれているように感じました。

スワンのボートが目の前を横切ります。ペアで漕いでいる大学生くらいの若い男女が、弁当を食べている私たちの方をちらりと見ました。私は箸で蓮根をつまみ上げ、その穴のひとつに目を寄せました。蓮根の穴を通して、スワンのボートのカップルを見たのです。

「なにをしているんですか？」

「蓮根の穴から、あのカップルを見たんです。幸せが凝縮しているような光景です」

横で十六郎さんも同じことをしました。「わあ、本当だ」と彼は今日初めて笑いました。

「でもね、こうやって、疲れた表情の人たちを覗くと……」

私は蓮根の穴を通して、近くのベンチの中年男性を見ました。頭を抱えたその人は、穴のなかで鉛のように重く沈んでいました。

「これ、ちょっと、たまらないですね」

私を真似て蓮根の穴を覗いていた十六郎さんが、弁当箱の上に箸を置きました。

「なんだかみんな、閉じこめられているように見えます」

私はうなずき、蓮池の方を指さしました。

「あっちにたくさんの蓮があるでしょう。あの根っこの部分が、蓮根です。なんでこんなに穴が空いているのか、わかりますか？」

十六郎さんは目を白黒させて、「さあ」と首をひねりました。

「呼吸のためです。泥のなかの地下茎にも空気が行き渡るように、蓮は長い年月をかけて自身に穴をあけ、しかもそれを広げてきたのです。この穴がなければ、蓮の花も咲きません。蓮は泥のなかで、この穴を通じて空を見ようとしたのかもしれませんよ」

十六郎さんが目を瞬かせました。私はそこでもう一度、つまみ上げた蓮根に目を寄せ、ベンチに座った男たちを眺めました。

「みんな、なにかの問題を抱えているのでしょう。そしてがんじがらめになり、窒息しそうになっている。疲れた人を蓮根の穴から見るとつらくなるのは、その窮屈さが実感できるからです。でもね」

私はそこで蓮根を口に入れました。ぱりぱりと噛み砕き、飲みこみました。

「本当は壁なんてないんです。みんな、自分の思いこみでそれを作り、閉じこめられていく。蓮の葉と同じで、私たちも無限の青空の下にいるだけなのに」

私はもうひとつ蓮根をつまみ上げ、今度は真横にいる十六郎さんを穴から覗きました。

「赤本の壁だけではなく、十六郎さん、あなたも自分で作った壁に閉じこめられているんですよ。もっと自由に生きていい」

私は蓮根を口に放りこみ、軽快に咀嚼しました。

「あなたを囲んでいた壁は、私が今食べてしまいました。今日からもう、自由です」

「自由って？　東大を諦めろということですか？　やはりその方がいいのですか？」

「もっともっと自由な発想です。東大は生涯受け続けたらいかがでしょう。娯楽として、趣味として、楽しい気分で」

「そんな……」

「頭を錆びつかせないために、その趣味は最高ですよ。もうこうなったら、合格しても東大には行かないくらいの気持ちで」

わけがわからないという表情で、十六郎さんは顔を横に振りました。髪が揺れます。

「それなら、これまでの十六年は？」

「無駄じゃありません。その十六年があったから、記録を作れるのです」

「記録？」

「八十歳くらいまで受験できるとすれば、六十浪を越えますね」

ビクッと体を震わせ、十六郎さんはのけぞりました。

「世界のだれも真似できない、唯一無二の存在にあなたはなれます」

「しかし、それなら、ぼくはどうやって食べていくのですか？　さすがにもう、親を頼るわけには……」

私は、不忍池のベンチを占拠している悩めるサラリーマンたちに向け、さっと指を走らせました。

「ラングルハンス島の島民たちが、あんなに悩んでいますよ。自ら作った壁に閉じこめられて。あなたはこれからここで、不忍池名物の『蓮根弁当』を売ればいい。自由になれる弁当だとみんなに語って。今日、私があなたに話したことを、ここの島民たちにも伝えたらいかがでしょう。きっと、お弁当は売れますよ。そして友達もできます。しかもあなたは、六十浪という世界記録に向けて、愉快な知的人生を歩むことができる」

十六郎さんは眼鏡をはずし、素手で額のあたりを何度かさすりました。川鵜の群れがまた飛んできました。

「鳥には、柵も壁もありませんね。それに、飛ぶことを楽しんでいるように見える」

そこでゆっくりと、十六郎さんがうなずきました。スワンのボートから、カップルの笑い声が聞こえてきました。

第五話

神戸 高架下

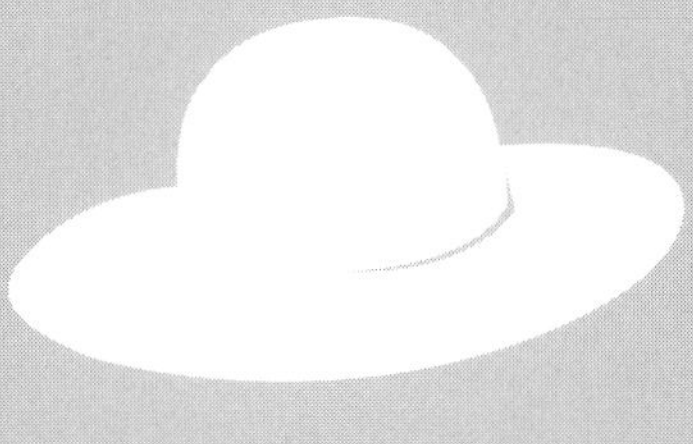

ただ明るい街並やにぎやかな通りよりも、どこかに影の世界とつながる扉が隠れているような、なにが飛び出してくるのかわからない薄暗い通路を歩きたくなるときはありませんか。

私は港町神戸に立ち寄る機会があると、「三宮高架商店街」と「元町高架通商店街」に決まって足を運びます。ＪＲの鉄道高架の下に延々と続く、ウナギの寝床とハモの寝床を交互に継ぎ足したような、狭く長い通路から成る商店街です。

地元の神戸っ子にはまとめて「高架下」と呼ばれるこれら二つの商店街は、「いくたロード」や「トアロード」などの大通りと交差する箇所以外、日光が差しこむ場所はほとんどありません。すべてが線路の下の世界ですので、幅二メートルほどの通路の両側に連なる店の大半は、昼も夜も電灯の丸い明かりのなかにあります。

夜店のランプに照らされた品々がやけに輝いて見えるのと同じで、高架下の通路沿いに飾られた帽子や子供服、ずらりと並んだカラフルなバスケットシューズなどは、かえって目に鮮やかです。薄暗さから浮き出ようと、色彩自らが意志を持つかのように、「買うてってや」とエネルギッシュに語りかけてくるのです。

不意を衝いて漂ってくる食べ物の匂いも、高架下の魅力のひとつでしょうか。雑貨屋さんの横にビストロがあったり、靴屋さんと宝石屋さんの間でクレープを焼いていたりするので、ここを歩く客は、アクアマリンの輝きに目をやりながら、鼻だけはバニラビーンズの香りに引っ張られていたなんてことがよくあります。鉄板で音を立てている餃子。溶かしバターをかけられたケバブ。焼きたての食パン。熱を帯びたこうした匂いが、商品棚の陰からいきなり現れ、鼻にそっと触れたり、あるいはガツンと叩きに来たりするのです。こうなるともう、たいていの客はなにを求めて高架下をぶらついていたのかを忘れてしまいます。鼻の奥に万国旗がぶら下がったような気分で、ついついどこかの店に吸いこまれてしまうのです。

今回私が神戸にやってきたのは、高架下のはずれのそのはずれに店を開いたというお客様から苦悩のメールをいただいたためです。

観光客も含めて大いににぎわっているのは、神戸の繁華街の中心地である三宮から元町界隈にかけてでしょうか。元町から西へ進み、神戸駅の方へ向かうと、人の数が徐々に減っていくのがわかります。閑散とまではいきませんが、観光地から生活地へと入ったことが実感できるのです。特に高架下のこのあたりは、鉄道の橋脚や柱の耐震工事のために、多くの店が一度は引き払わなければいけない事態となりました。今もなお、降ろされたシャッターばかりが目につく区域があるほどです。

お客様が営む小さな店は、シャッター街の寂しさを象徴するかのように、ぽつんと裸電球を灯していました。

看板を確認する前から、私にはそこがお客様の店だとすでにわかっていました。なぜなら、独特の甘い芳香が、暗い通路を伝わって私の鼻に届いていたからです。

店の名前は『メロンパーン！』です。お手製だと思われる看板には、爆発する黄緑のメロンがアクリル絵具で描かれていました。両手を広げたほどの幅しかない、本当に小さな店です。ガラスのウインドウには、私たちが見慣れたメロンパンと、ラグビーボールのような形をした菓子パンがそれぞれ十個ほど並んでいました。

「こんにちは」

私が声をかけると、椅子に座っていた白いコックコートの男性が慌てて立ち上がりました。四十歳前後でしょうか。長い髪を後ろで束ねた彼は、まだ青年といった佇まいです。

「まいど、いらっしゃいませ！」

裸電球の光を受けた彼の黒目には勢いがありました。でも、その頬はなにかの試練に耐えている人のようにこけていました。

「今、こっちのサンライズが焼き上がったところなんですよ」

彼はぎこちない笑顔を浮かべ、ウインドウのメロンパンに手を向けました。

「サンライズ？　あの、これはメロンパンじゃないんですか？」

彼の黒目が左右に揺れました。

「まあ、いわゆるメロンパンではあるんですけれど、神戸ではサンライズって呼ぶことの方が多いですかね。お客さん、このへんの人とちゃうんですか？」

「はい。東京から来ました。あの……」

私はそこで、高架下に入ってから背後に隠していた麦わら帽子をかぶりました。

「わあ！」

彼は数センチ跳び上がりました。目を見開いて私の顔を覗きこみます。

「麦わらさん……ほんまのほんまに、来てくれはったんですか」

「はい。新幹線に乗って」

「すいません、気づかへんで。僕が麦わらさんにメールを送った、メレンゲです」

メレンゲさんは私に向かい、深々と頭を下げました。


狭い厨房で椅子を並べ、私たちは話し始めました。すぐ横では電気オーブンが新しいサンライズを焼成しています。

「ちっとも知りませんでした。メロンパンの発祥地は神戸なんですね」

メレンゲさんの淹れてくれたコーヒーの香りと、オーブンから漏れてくる甘い匂いに私たちは包まれていました。頭上を通り過ぎていく電車の振動をもろに感じながらも、なんだかうっとりしてしまいます。

「大正時代に、神戸のパン屋が初めてメロンパンの原型を作ったらしいんです。パン種をクッキーの生地でくるんでから焼いたんですね。そやけど、そのときはメロンパンという名前やのうて、サンライズと命名したそうなんです。そやから今でも神戸の人たちにとっては、サンライズなんです」

ピピピッとタイマーが鳴りました。メレンゲさんがオーブンのふたを開けます。熱気とともに、焼き上がったメロンパンの香りが厨房にあふれます。「おおっ！」と、私は思わず腰を浮かせました。なんとふくよかでピースフルな香りでしょう。

「たまりませんね」

「どうぞ、できたてを召し上がってください」

オーブンから出てきたばかりのメロンパンが、メレンゲさんの差し出す皿にのっていました。私は生まれて初めて、アツアツのメロンパンを口に運んだのです。

「わあ……これは……」

しばらくは言葉が出ません。溶けたグラニュー糖がでこぼこの表面できらめいています。まだかなり熱いものの、外側のクッキー部はカリカリと歯ざわりがよく、誠実に甘く、ノスタルジーいっぱいの芳香で私を少年時代へと戻すのです。しっとりと柔らかなパンの部分と相まって、これはもう本当に夢見心地の味わいです。

「こんなに素晴らしいものが……メールでいただいた文面の通り、あまり……」

「そうなんです。あまりではなくて、まったく売れないんです」

「しかしそれは、人通りがすくない場所で店をやられているからであって」

「そうなんですかね」

口中に広がった甘さを、コーヒーのほろ苦さで流しこみます。このメロンパンとコーヒーの組み合わせなら、どこで店を開いても成功しそうなものですが、そうはならないのが現実の社会の厳しさというものでしょうか。

「メールでお伝えした通り、僕は大学を出てからしばらく、一般企業に勤めていたんですよ。実家は洋菓子屋でしたけれど、あんまり人気のない店やったんで、いつも生活はしんどかったです」

「しかも、あの震災で……」

「そうなんです。店も家も、つぶれてしもうて。そのあとはもう、ほんまに大変でした。その頃はまだ高校生でしたけれど、お菓子を焼くような手間暇かかる仕事だけはやらん方がええって、ほんまに思いましたよ。そやけど、三十代半ばでおとんを失って、病気がちなおかんもホームに入るようになって、一人ぼっちになってしもうたときに、このままの人生でええのんかなあって考えるようになったんです」

「それで、メロンパンを？」

「はい。なんといっても発祥の地ですしね。精魂こめた最高のメロンパンを作ったら、シャッター街になってしもうたこのあたりの復興にも貢献できるんやないかって考えたんですわ。それこそが、自分にとっての個性的な生き方やないかと」

若い女性がウインドウの前で足を止めました。メレンゲさんが立ち上がり、「いらっしゃいませ」と近づきました。すると女性は反射的に後ろに一歩下がり、そのまま通路を歩きだしてしまったのです。

「つまりは、こういうことの連続なんです。ええ加減、疲れてきました。僕の個性、なんか間違っているんですかね」

「個性？」

私が聞き返すと、「そうです」とメレンゲさんが大きく頭を振りました。後ろで縛られた髪が揺れます。

「神戸って、ごっつい個性的な街やと思うんですよ。坂を登れば異人館街があるし、そこから見える海はいつも光っています。世界中の料理屋が集結しとうし、線路の下にはあらゆる種類の店が並ぶこんなにおもろい商店街があります。サンライズやって、これが全国的にメロンパンと言われるようになると、今度は別もんのこれを作ったんです。神戸発のほんまのメロンパン」

メレンゲさんがウインドウのなかを指さしました。ラグビーボールの形をしたパンが並んでいます。

「ライスを皿に盛るときに使うメロン型ゆう金属の道具があるんですけど、それでパン生地を焼いて白あんを入れたんが、神戸で言うところのメロンパンなんですわ」

「これは、東京では見かけないですね」

「そうでしょう。一事が万事そういうことなんです。神戸で生きていくためには、独創性ゆうか、個性的やないとあかんのです」

メレンゲさんは、「個性的」という言葉を使うたびに、頬のあたりにぎゅっと力が入る様子でした。

「結局は菓子職人をやっていた父親の血なんでしょうね。四十歳が見えてきた頃に貯金をはたいて、この『メロンパーン!』を開いたんです。いろいろなメロンパンを作って、有名になったろうと思うて。それこそ、自分にとっての個性的な生き方に違いないと思うて。でも、ご覧の通りですわ。お客さんが全然こうへん。もうお金も底を尽きました。いったい僕のなにがわるいんでしょうね」

メレンゲさんはため息をつくと、調理台の上にのっていたふたつきのトレイを両手で持ち上げ、私の前に運んできました。

「注文があって焼いたメロンパンですけど、こういうのもあるんですよ」

メレンゲさんがふたを取りました。「えっ！」と私は声をあげてしまいました。

トレイに乗っていたのは、見慣れた黄色のメロンパンではありません。パンの丸さもサイズも同じでしたが、目に飛びこんで来たのは、その派手な色でした。なんと、青、緑、ピンク、紫、そして橙色のメロンパンがそこに並んでいたのです。

「名づけて、カラーメロンパン」

メレンゲさんは目の端をすこしだけ緩ませ、「花が咲いたみたいでしょ」とつぶやきました。どう反応したらいいのかわからず、私は「本当にカラフルですね」と見たままを口にしました。ただ、根が正直と言うべきか咽に空気の玉が詰まったような声になってしまったのです。メレンゲさんは私の気持ちを察知したようです。また元気のない表情に戻ってしまいました。

「これを思いついたときは、ほんまに極彩色の気分になったんですけどね。これこそ個性や、売れるぞと思うて」

「個性ね……この色は、どうやって？」

「緑色のんは、クッキー生地に抹茶を練りこんであります。あとはみんな食用色素ですよ。ケバケバしいけど、天然の素材なんでまったくの無害です。子どもらにも喜んでもらえると思ったんですが」

だれかが、体にわるそうなメロンパンだと文句でもつけたのでしょうか。メレンゲさんの声には微かなため息が混じりました。

「でも、注文があるんだからいいじゃないですか。商品として成り立っている」

「ハロウインのときに焼いたら、何人かが買っていきましたけどね。今これを頼んでくるんは、元町のスナックのママ一人ですわ。でも、問題はもっと別にあるんです」

「と言うと？」

メレンゲさんはクッキングコートのポケットから、スマートフォンを取り出しました。検索サイトにつなぎ、私に画面を見せながら『カラーメロンパン』と文字を打ちこみました。

「これが現実です」

「ええ！」

このような世界があったとは知りませんでした。スマートフォンの画面は、絵の具のサンプルでも並べたかのように、色とりどりのメロンパンでいっぱいになってしまったのです。

「もっと頑張れば、このカラーメロンパンはぼちぼち売れるかもしれません。そやけど、みんながもうこれだけ楽しんでいるんです。いまさら本気でやっても、個性どころかただのモノマネですよ」

メレンゲさんは「人のあとをついていくようなことはしたくないんです」と言ってから、カラーメロンパンのトレイにふたをしました。目を刺激していた派手な色彩が厨房から消え、私はちょっと寂しい気分になりました。他の人たちが作っているからといって、このアイデアをそこまで否定しなくてもいいのにと思ったのです。

「それで、麦わらさん。次に思いついたんがこれなんですよ」

メレンゲさんはトレイに背を向けると、今度は冷蔵庫のドアを開けました。取り出されたのは、ラップされたメロンパンです。

「ちょっと温めますね」

白い皿に乗ったメロンパンが電子レンジに入れられました。ブォーッと音を立て、レンジのなかの台が回ります。皿のメロンパンも一緒に回ります。一見、どこにでもあるようなメロンパン、すなわち神戸で言うところのサンライズです。

「なにか、変わったところがあるメロンパンなんですか？」

「これは一度食べてもらわないと」

チン、と音がして、メレンゲさんが電子レンジの扉を開けました。

おや、この匂いは？

私にはすぐにわかりました。甘いメロンパンの香りに織りこまれた、あり得ないものの匂いが鼻を衝いたのです。

「さあ、どうぞ。一口でもいいので、召し上がってください」

メレンゲさんに勧められるままに、私はまだ熱いメロンパンを手に受け、鼻と口を寄せました。間違いありません。メロンパンに仕こまれたものへの確信から、いきなり愉快な気分になりました。私は笑みを抑えられずにかじりついたのです。

気持ちのよい歯ごたえの次にそれはやってきました。スパイスの香りがあふれます。目の前にガンガーの褐色の流れが浮かびました。ターバンをかぶったインド人が「変なの！」と叫びながら手を振っています。

「カラーメロンパンの次に考えたんがこれなんです。名づけて、カレーメロンパン！」

メロンパンの表皮の甘さと、カレーのピリッとした辛さが口のなかで混じり合い、香りと味覚の大河、いえ、全てを受け入れた混濁の川となって咽を過ぎていきます。

いけないと思いながらも、私はまた、つい本音を漏らしてしまいました。

「これは……おいしいけれど、まずいですね。でも、まずいですが、うまいですね」

「そうでしょう。そこがポイントなんです。判断不可能ゆうやつですわ。おいしいんか、まずいんか、どっちなんやって。そこでお客さんは次々と手を出してしまう」

「これは大ヒットするかもしれませんよ。本気でやられたらいかがですか？」

「これを思いついたときは、インドに向かって手を合わせましたよ。カレーメロンパンが売れに売れて、店の前にタージ・マハルのような御殿が建つのではないかと思ったほどです。しかし……」

メレンゲさんは再びスマートフォンを取り出しました。私に画面を見せながら、検索サイトで『カレーメロンパン』と打ちます。

まさか、そんなことが……。

私は目を疑いました。カラーメロンパンのときと同じく、画面はカレーメロンパンでいっぱいになってしまったのです。しかもこちらは、個々のベーカリーの商品ばかりではなく、大手製パンメーカーのものまで紹介されています。

「世の中には、まったく同じことを考えとう人が何人かおると言われていますよね。こんなアホなメロンパン、自分しか考えへんと思うとったのに」

「アホが意外にも多くて、残念でしたね」

私はメレンゲさんを励ますかのようにカレーメロンパンを二口、三口とかじり、ついでに「タージ・マハルは御殿じゃなくて、お墓ですよ」と言うのも忘れませんでした。

「え、お墓？」

「亡き王妃を偲んで、王様が建てたものですよ。お墓ですから、人は住めません」

そうでしたか、とメレンゲさんは見た目にもはっきりと肩を落としました。

「でも、アイデアとしてはいいところまで来ているんじゃないですかね。カレーメロンパンが商品化されているなら、いっそのこともっと大胆に……」

「それもダメなんです」

なぜ、わかったのでしょう。メレンゲさんは私の言葉を最後まで聞かないうちに、首を横に振りました。そしてまたスマートフォンを向けてきたのです。検索サイトに『カツカレーメロンパン』と打ちこみます。

いくらなんでも、そんなバカな。

しかし画面には、すでに商品化されているパッケージが映りました。激辛をイメージさせるレタリングで、『カツカレーメロンパン』の商品名が躍ります。

私の脳裏に、再びガンガーの流れが現れました。そしてその護岸で、インドの映画スターたちが、「なんぼなんでもそりゃないやろう」と歌いながら踊っています。

私はたまらず言いました。

「奇をてらうことばかり一生懸命になって、みんなメロンパンの本流から外れていますよね。

こんなことで個性を出してもしょうがないんじゃないですか。むしろ、メロンパンなんですから、本物の……」

「ほんまですよ。ボクもそう思ったんです。メロンパンゆうても、メロンが入っとうわけやありません。それやったら、本物のメロンの果肉を練りこんで作ったろうやないかと」

「そうですよ。値段は高くなるでしょうが、そんな高級メロンパンが現れたらみんなびっくりしますよ。欲しがる人はたくさんいるでしょう。なんたって、本物なんですから」

メレンゲさんは大きくうなずき、またもや私にスマートフォンの画面を見せました。そして、「本物」「メロンパン」と二つの言葉を打ちこんだのです。

「えええええっ！」

画面と私の網膜は、マスクメロンの写真でいっぱいになってしまいました。メロンパンマニアなら陶然とするに違いない鮮やかな広告がずらずらと並んだのです。

「メロンの果汁でパン生地を練った！」

「本物のアンデスメロンの果肉入り！」

「夕張メロンを丸々一つ使ったメロンパン！」

メレンゲさんは黙ったまま、スマートフォンの画面を消しました。

「本物のメロンを使った高級メロンパン。これこそ、全国どこにでもある商品やったんですわ」

「いやー、メロンパンの世界がここまで盛り上がっているとは知りませんでした」

私は明るい声で言ったつもりでしたが、メレンゲさんは高架下の通路に落ちていくような重いため息を吐きました。

「個性で勝負しようと思うとったのに、もうなにも浮かびません。売り上げもどん詰まりです。いったいどうしたらええのんか」

目の前で頭を抱えてしまったメレンゲさんです。私は彼の肩にそっと触れました。

「すこし散歩をしてきます。夕方までには戻りますので、お店を開けておいてください」

思うところあって、私は元町の商店街を散策しました。神戸を訪れるたびに感じることですが、このアーケード街を歩く人々には人間らしい微笑みがあります。

私はまず、和菓子屋さんを訪れ、考えていた品を手に入れました。そして、店員さんにあることを尋ねたのです。すると、すぐそばに私が求めているものを売っている専門店があると教えてくれました。

さすが、神戸元町です。一般の人は使わないものでも、きちんと並べて売っている店があるのです。

そこはとても小さな店でした。お客さんが四、五人も入ればおしくらまんじゅうになりそうな狭いフロアです。でも、壁にはずらりと求めているものが並んでいました。

白いひげを生やしたご主人に、私は六甲山の方を指さしながら聞きました。

「陽が暮れると、山の方で輝きだすマークがありますね。あれと似たような形の道具はありますか？」

ご主人は最初、「はあ？」と訝しげな顔をしましたが、こちらの言わんとしていることがわかったのか、「いやあ、それは置いてませんね」と首を横に振りました。しかし、こうも言ってくれたのです。

「三時間もあれば、作れますけれど」

「ああ、それなら、ぜひお願いします」

なんと、ご主人が新品を作ってくれるというのです。私はサイズと形を指定して、しばらく神戸の街を散策しました。

ずいぶんと人出が多いです。にぎわっています。もちろん商売に楽な道はありませんから、どの店も顔で笑い、心で泣いて、その日常は水面下のカルガモの脚のごとく懸命であるはずです。それでもこの街には、独特のきらびやかさがあります。震災直後の神戸を知る者としては、現在の復興ぶりにただ手を合わすだけです。

なにかものごとを為す上で、個性が発揮できれば言うことはありません。しかし、その前にきっと、まずは当たり前のことを当たり前にやり遂げる真面目な気持ちが必要なのでしょう。

戦争中は東京や横浜と同じように、阪神地区も空襲で焼け野原になりました。深刻な風水害もありました。そしてあの大地震。その都度立ち上がってきた神戸の人たちは、心のなかのサンライズを頼りに、やるべきことを真摯にこなしてきたのではないでしょうか。ただひたすら祈るようにして。

道具屋のご主人から新品のそれを受け取った私は、高架下のはずれに戻りました。相変わらずの寂しげな通路です。裸電球の下に、しょぼくれたメレンゲさんの顔がありました。

私はまず、和菓子屋で買ったものをメレンゲさんに差し出しました。メレンゲさんが淹れてくれたお茶を飲みながら、二人でそれをいただきます。

「ああ、こういう古いタイプの蒸し菓子は、なんか気分が安らぎますね。ほっとします。これは、利休饅頭、ゆうんですか？」

「そう、千利休から名前をいただいた利休饅頭です。黒糖を使った生地が愛されたんでしょうね。典型的なお茶請け菓子です」

はあ、とうなずきながら、メレンゲさんは利休饅頭をひとつ食べ終えました。そして、遠慮がちな声で聞いてきました。

「これが、麦わら料理なんですか？」

「そうです」

「つまり、黒糖を使ったメロンパンを考案しろと？」

「ああ、それもいいですね。でも、ポイントはそこじゃないんですよ」

私は皿に残っている饅頭の、その「利休」という焼けた印字を指さしました。

「飽きのこない美味しさゆえに、愛され続けてきた蒸し饅頭です。でも、あなたと同じように個性を欲しがる職人もいた。そこで考えられたのが「利休」の文字を入れることでした。今日、プレゼントしたいのは、こちらの方です」

「これは……焼印？」

私はメレンゲさんに頼み、ガス台の火をつけてもらうと、新品の焼印が仄かに赤くなるまでそこで炙ったのです。

「さあ、あなたのメロンパンをここに持ってきてください」

メレンゲさんが差し出したメロンパンに、私は焼印を押し当てました。

「おおっ、これは！」

微かに煙が上がり、メロンパンの表面に船の錨のマークがつきました。陽が暮れると六甲山の斜面で輝きだす二つのイルミネーション、神戸市の市章と錨のマークのうちのひとつです。

震災後の神戸市民を励まし続けた輝きの形です。

「メレンゲさん、あなたのメロンパン、つまりサンライズはとても美味しいですよ。奇をてらう必要はありません。個性などというものは、一生懸命、真面目にやっていればあとからついてくるものです。せいぜい、そのマークを焼印する程度でいいかと思います。ただし、この利休饅頭のように、鮮やかで、わかりやすいネーミングは必要でしょうね」

メレンゲさんがゆっくりとうなずきました。

「そこで考えたのですが、『みなとのメロンパン』なんていかがですか？」

「みなとの……メロンパン？」

メレンゲさんはさっそくスマートフォンを取り出しました。検索画面をこちらに見せながら、「みなとのメロンパン」と打ちこみます。

「うわっ、ない。どこにもない！」

「そうでしょう。実はもう調べておきました。あなたが日本初の、『みなとのメロンパン』の作り手です」

メレンゲさんは目を輝かせながら、スマートフォンの画面と私を交互に見ます。

「実費と、相談料として二九〇〇円をいただきます」

私は、メレンゲさんに向けて掌を突き出しました。

第六話

東京 三宅島

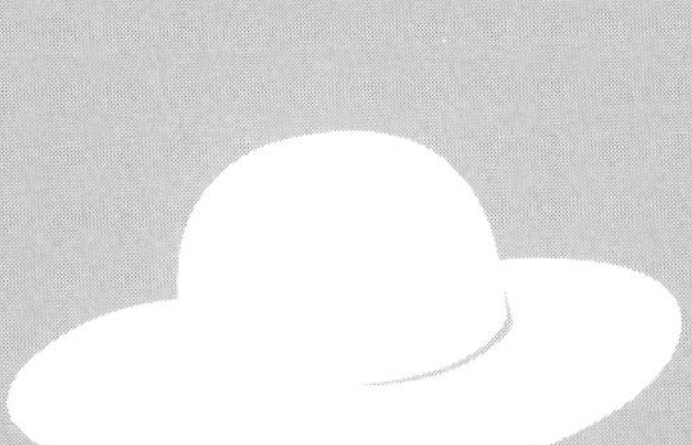

午後十時半、出航の汽笛が鳴りました。

私はプラムさんに先んじて船内の階段を上がり、甲板への扉を押し開けました。はあ、はあ、と息をつきながらついてきたプラムさんは、船に乗りこむときと同じく、「あたし、そこを通れるかしら」と、不安げな顔をしました。

プラムさんは三十代後半の女性です。たしかに太めですが、いくらなんでも甲板の出入口にお腹がつかえるはずもありません。足を止めてしまったプラムさんに、「大丈夫ですよ」と私は笑いかけました。ただ、私の内なる声は、気をつけろと叫んでいました。危うくこう言ってしまいそうだったのです。

「ハンプティ・ダンプティだって通れますよ」

甲板への段差をひとまたぎしたプラムさんは、「ひゃーっ」と声をあげました。

「こんなにたくさんの灯りを見たの、あたし、生まれて初めてかもしれません」

私とプラムさんが歩み出たのは、全長一一八メートル、総トン数五七〇〇トンの大型貨客船「橘丸」の後部甲板です。今、この船は伊豆諸島の三宅島、御蔵島、八丈島に向け、東京竹芝港の桟橋を離れたところなのです。

プラムさんは「ひゃーっ、わーっ」を連発し、甲板の手すりにしがみついています。無理もありません。これぞ圧巻の夜景です。私たちは、銀河がそのまま降ってきたかのような燦然たる光に包まれていたのです。

夜の東京湾を隙間なく囲んでいるのは、巨大な光柱と化した高層ビル群です。橙、黄、赤、青……。海のうねりにあふれたあらゆる色の光が、千々に揺れています。この絢爛豪華な広がりに比べれば、スカイツリーや東京タワーの輝きですらなにかのアクセントにしか見えないほどです。

「あたし、東京の夜景をちゃんと見たことがなかったんだって、今初めて知りました」

「そうですよね。東京にいると、東京そのものは見えないものです。建物が邪魔で」

「海だったんですね。こんな、宝石箱みたいな東京を見られるのは……」

プラムさんの嬉々とした表情はしかし、電飾都市のようなお台場が近づいてきたときに若干の翳りを見せました。

「あたしって、あんなふうですよね」

プラムさんが指をさしたのは、フジテレビの社屋でした。ひと昔前のＵＦＯのような形をした球体展望台が銀色に光っています。

「あんなふうって？」

「あのくらい、あたし、まん丸ですよね」

「いや、あんなには丸くないですよ」

即座にそう答えたものの、継ぐべき言葉が浮かばず、私は一度、お台場の夜景から視線を外しました。船の真横を飛んでいるカモメたちがキーッと高い声で鳴きます。

「四角か丸かと問われれば、プラムさんは、丸かもしれませんよ。でも、その方がいいじゃないですか。丸い方が愛されキャラです。ハンバーガーだって、ミートボールだって」

「ミートボール？　あたし、やっぱりそういうイメージなんですか？」

しまったと思いましたが、出てしまった言葉は飲みこめません。

「いや、なんというか……好きなんです。もう、子どもの頃から、肉団子が」

なぜ、ミートボールではなく、肉団子と言ってしまったのか。あ、う、と言葉に詰まっている私の視界に、レインボーブリッジの光の帯が迫ってきました。船はその真下をくぐるのです。

「いいんです。あたし、自分のことはよくわかっていますから。この夜景を見られただけでも十分かもしれません。麦わらさん、ありがとうございます」

過ぎていく巨大な橋桁の影を背景に、プラムさんが私に向かって頭を下げました。短めの髪が海風で踊っています。首まわりのお肉がふくらみ、プラムさんのあごが隠れました。

「なにを言っているんですか。旅はこれからですよ。目的地は、三宅島です」

はい、と返事をしたプラムさんでしたが、彼女の視線はいまだお台場の夜景に注がれていました。

「こんなにたくさんの灯り、すごいなあ。これだけの都市を造るって、人間は本当に見上げたものですよね。すべての光の下で、みんな、笑って暮らしているんでしょうね」

「さあ、それはどうですかね。ひょっとすると、この灯りの数と同じだけの人の哀しみがあるかもしれませんよ」

プラムさんは、お肉をぶるんと波打たせ、首を横に振りました。

「この船に乗っている人たちだって、みんな充実していそうです。だめなのはあたしだけなんです。あたし……すいません」

そんなに自己否定ばかりするものじゃありませんよと言いかけましたが、私は口をつぐみました。しばらくは船のエンジンと波、風に翻弄される私の麦わら帽子の音だけになりました。

「東京湾口に差しかかれば船は揺れだします。客室に戻りましょう。明日はうんと歩きますよ」

お肉に隠れてしまったあごを振り、プラムさんは小さくうなずきました。

翌朝五時、東海汽船「橘丸」は三宅島阿古地区の錆ヶ浜港に着きました。東京から南下すること、およそ一八〇キロの船旅です。

ただ、こちらもまだ春と呼べる季節ではないようです。船員さんたちは「おはようございます」と声をかけてくれましたが、太陽はまだ目覚めておらず、空には星々のきらめきがあるのみでした。

島民や釣り客らとともに、私たちは暗い港に下船しました。星空を支えるように、黒々とした雄山のシルエットが広がっています。プラムさんは船ではあまり眠れなかったのか、「ここが三宅島なんですね」と言いつつもぼんやりとした表情でした。しかし、その山影を目にした瞬間、再び「ひゃーっ」となりました。

「あの山、まだ暗くてよく見えないけれど、なんか、すごい力を感じます」

「雄山というんです。本物の活火山です」

三々五々散っていく下船客たちを尻目に、私とプラムさんは、東海汽船の乗船券売場に入り、空が白むのを待つことにしました。待合室の中央には、三宅島のジオラマ模型があります。私はその前に立ち、島について知っていることを語りました。

「三宅島の大きさは、東京の山手線の内側とほぼ同じくらいだそうです。島の中央には、すり鉢状のカルデラがありますね。これが雄山の噴火口です。この山、かつては八〇〇メートル以上の高さがあったそうですが、二〇〇〇年の大噴火で山頂部が陥没して、今は標高七七五メートルです。噴火から四年は、全島民が島外での避難生活を強いられました。幸い、人命に関わる被害はなかったのですが、大量の火山灰とガスで、島の動植物はずいぶんとやられました」

何度も噴火しているんですよね、とプラムさんがジオラマの溶岩流に目をやりました。

「はい、その前の一九八三年の噴火では、今私たちがいるこの阿古地区の七割が溶岩に飲まれてしまったそうです。そのときは噴火口からではなく、山の中腹に亀裂が入ってマグマが噴き出したとか。そして、さらにその前の一九六二年の噴火はこの坪田地区から」

空港がある地域を私は指さしました。

「そんなに何度も噴火していて、避難生活まで強いられて……それでもみなさん、島に戻るんですね」

「やはり島がいいって。ここで生まれ育った人はみんな、そう言いますすね」

プラムさんは大きく息を吐き、「みんな、すごいな。あたし、かなわないな」とつぶやきました。

陽が昇ってから、私たちは島の周遊道路を歩き始めました。目の前は太平洋です。朝日を受けて、どこまでも青く輝いています。ただ、白砂のビーチは見当たらず、海岸線の大半は、ゴジラが何十万頭も群れているようなごつごつとした黒い溶岩の連なりです。精悍で美しいけれども、タフな光景が続くのです。プラムさんは相変わらず、「ひゃーっ、わーっ」の人でしたが、歩くにつれその声は聞かれなくなり、「火山体験遊歩道」の入り口に着いたときにはもう、はあ、はあ、と息を荒げるだけの人になっていました。

ここはかつて、阿古小中学校があった場所です。一九八三年、山腹から噴き出した溶岩は住宅地を飲みこみ、避難場所になっていたこのグラウンドにも流れこんだのです。小中学校の校舎と体育館が、燃えている溶岩をダムのように堰き止めました。でも、校舎以外のほぼすべてを溶岩が覆ってしまいました。現在では、その溶岩原の上に木道が設けられ、だれもが歩けるようになっているのです。

木道をすこし辿って、この場所の全貌を目にした途端、プラムさんからはもう、「ひゃーっ、わーっ」は出てきませんでした。あー、と声を伸ばしたきり、すっかり言葉を失ってしまったのです。私はプラムさんの先に立って歩きながら、溶岩の形からわかることや、ここに根を張っている植物たちの話をしました。

たとえば、竹輪のように穴が開いた溶岩樹型です。これは包みこんだ木が内側で燃えてしまったため、その部分が空洞になったまま冷えて固まった溶岩なのです。木は蒸発し、しかしそこに木があったことを半永久的に伝えています。また、たとえばそれは、溶岩の隙間から葉や穂を茂らせているハチジョウイタドリやハチジョウススキ、あるいはクロマツの群落です。生命の復活など不可能に見えていた溶岩原にも、風や鳥は細やかな種を運びます。まずこれらの植物が根を張り、何十世代もかけて溶岩をゆっくりと砕いていくのです。そして倒れたときは自らを有機肥料とし、他の植物の生育が可能な土壌を作りだしていきます。こうした先駆的生命の一群を、パイオニア植物と呼びます。

私の説明を聞きながら、プラムさんはただ目を丸くしていました。溶岩原の荒々しさと生命の復活力を受け止めるのが精一杯で、なにか感想を言うといった余裕はない様子です。

「お弁当を買ってきますから、ここで待っていてください」

遊歩道には、ベンチがしつらえてある小さな休憩所があります。私はプラムさんをそこで待たせ、朝早くから店を開けているよろずマーケットまで走りました。ちょうどいい具合に、三宅沖で獲れたメダイのフライと島特産の明日葉のおひたしをおかずにしたお弁当が売られていました。

プラムさんはきっとお腹が減っているに違いない。だから元気がないのだ。そう考えた私は、お弁当を抱えたまま、小走りで遊歩道へ戻りました。メダイも明日葉も美味しいに決まっています。きっとプラムさんは喜びます。ところが、木道を辿って目にしたのは丸い体をさらに丸め、ハンカチを顔にあてがっているプラムさんでした。彼女は、泣いていたのです。

「プラムさん、どうしたのですか？」

「はい、あたし……すいません」

涙の理由をそれ以上問うのも不粋かと思い、私はお弁当をそっと渡しました。

「あたし、こんなにしていただいて、そういう資格ないんです。だめなんです、あたし。こんなに太っているし」

「資格もなにも、ただ、こちらは仕事でお会いしているだけですよ。実費プラス二九〇円の儲けをいただくために」

お弁当を抱えたまま、プラムさんが盛大に鼻をすすりました。

「二九〇円って……麦わらさん、なんでこんなことをしているんですか？　よく、わからないです。あたしの時給だって、千円以上なのに」

「お仕事はなにを？」

「電話のオペレーターです。苦情を受ける係です。いつも怒鳴られてばかりで。だから、あたしはいつも、すいませんって謝って」

プラムさんは涙をこぼしながら、お弁当に箸をつけました。美味しいです、ああ、美味しいです、と口を動かし、しかし丸い頰を銀の雫が伝います。

「小学校の高学年の頃に、すごく、いじめられて。あたしの机に、デブは死ねって書いた紙が貼られていて。その頃から、みんな、あたしのことをブーさんって呼ぶようになったんです。それであたしもそのあだ名を受け入れて、表面上はいつも笑っていました。だけど、大人になってから、同僚の子がブーさんはひどいよって。どうせ球体ならプラムでいいじゃないかって言ってくれて」

プラムさんが箸をつけた明日葉にも、銀の雫がほろほろと落ちました。「塩味になっちゃいましたね」とプラムさんは自嘲的にわずかに笑いました。

「きっとこれが、三宅島の麦わら料理なんですね。明日葉を食べて、明日を信じろって。麦わらさん、きっとそう言ってくださるんですよね」

「さあ、どうですかね」

麦わら料理について、私はなにも言いませんでした。ただ、溶岩原の向こうに雄々しくそびえる活火山に手を向けたのです。

「お弁当を食べ終わったら、あそこに登りますよ」

「え?」

「雄山です。火山性ガスがまだ出ていますから、頂上付近は立ち入り禁止になっていますけれど、途中の展望台までは行けます」

「無理です、そんな。あたし、こんなに太っているし。登山なんて」

「大丈夫です。歩けなくなったら、私が押してあげます。さあ、食べましょう!」

箸を持つ手が止まってしまったプラムさんの横で、私はメダイのフライにかじりつきました。

活火山である雄山の中腹までは、舗装された道を辿って登ることができます。ただ、勾配はきついです。もし間違っておにぎりでも落とそうものなら、畑の明日葉や刈り取りのおばちゃん、郵便ポストなどをなぎ倒して転がっていくことでしょう。身軽な人でも時折は立ち止まらないと、息が上がって仕方ないほどの坂が続くのです。でも、三宅島の山登りはそれがよいのです。なぜなら、汗を拭きつつ一息つくたびに、どこまでも広がる青い海が目に飛びこんでくるからです。

プラムさんはやはり坂が苦手なようで、取り組みを終えたばかりの力士のように息を切らせていましたが、それでも例の感嘆の声は惜しみませんでした。

「ひゃーっ、わーっ」

光る海原には、単独峰のようにそびえ立つ御蔵島の姿があります。三宅島からは二〇キロ近く離れていますが、断崖に囲まれたその突出感は、自然の美しさ、厳しさとともに、海底からの意思の噴出のようなものを感じさせます。人類が誕生する以前からの地球の息吹です。

登山道から眺める雄山もまた独特です。二〇〇〇年の噴火から続いた火山性ガスの発生によって、火口から中腹にかけての木々はほぼ滅んでしまいました。木々は絶命してもなお立ち続けますので、白骨の群れのようになって、噴火の様相をいまだ語りかけてくるのです。しかし今、山は新しい緑に覆われています。火山灰の上にも植物たちは森を作り、枯れてしまった木々の無念をオブジェのように浮かび上がらせているのです。

意外なもので、雄山のこの風景に寂しさはありません。森は復活していますし、聞こえてくる鳥たちの声がなによりも生命を感じさせます。別名、バードアイランドとも呼ばれる三宅島では、渡り鳥も含めるとこれまでに二八〇種もの野鳥が確認されています。ウグイスの声は途切れず、天然記念物のアカコッコが樹上に現れることもあり、唯一の水源の大路池周辺の森では、始祖鳥やプテラノドン、不思議の国のアリスのドードー鳥などの目撃談もあるほどです。

さて、海と島と山を眺めながら一歩ずつ登っていたプラムさんですが、立ち止まる回数が増えてきました。ゼイゼイ、ハアハア、ゼイゼイ、ハアハア、ちょっと休みます。ゼイゼイ、ハアハア、ゼイゼイ、ハアハア、ちょっと休みます。この繰り返しなのです。そしてとうとう、ゼイゼイ、ハアハアの果て、ピクリとも動かなくなりました。

「あの、あたし……これで十分です。御蔵島も見えましたし」

たしかにプラムさんの足取りは、一升飲んだ酔っぱらいのようにおぼつかなくなっていました。転倒でもしたら危険です。転がるおにぎりはジョークでしたが、転がるプラムさんは本当に家々を破壊する可能性があります。

「失礼します」

私はプラムさんの背後に回り、彼女のデイパックに掌を当てて、背中を押し始めました。

「麦わらさん、あたし、そんなことをしてもらう資格がないんです」

相変わらず自己否定が続くプラムさんでしたが、御蔵島の上に出ている雲が綿菓子に似ているとか、船の食堂ではカレーうどんとライスを両方注文して、うどんのルーをライスにかけるとお得感があるとか、どうでもいいような話をしながら私はプラムさんを押し続けました。そして、噴火で牛がいなくなってしまったかつての村営牧場の横を過ぎ、いよいよ展望台へと向かう最後の坂道に差しかかったのです。

ところがここに来て、思いも寄らない事態となりました。雄山の火口の方から雲が降りてきて、あたりをすっかり覆ってしまったのです。火山性ガスではなくて本物の雲ですから、別に恐れる必要はありませんが、数メートル先がまったく見えない状態です。プラムさんはまた、「ひゃーっ、わーっ」の人になり、「あたし、これで十分です。雲のなかに入るなんて、なかなかできない体験ですよね」とひたすら帰りたがる人になりました。

私はうなずきませんでした。風が出てきたからです。登り始めてからすでに二時間ほど経っています。あとすこし待てば、雲が切れて視界が広がるだろうと思ったのです。私はプラムさんの背中を押し、まるで雲のなかに消えていくように見える道を再び登りだしたのです。

七島展望台には、大きな施設があるわけではありません。平たくならされた丘の上にオブジェのような見晴らし台があるだけです。私たちがそこに辿り着くと同時に、強い風のひと吹きがありました。薄らいでいく雲の向こうから、光る空と海が現れました。

「ひゃーっ、わーっ」

登ってきて正解でした。絶景とはまさにこのことです。透明な感嘆符を連発しているプラムさんの横で、私もまた「ただ眺める人」となっていました。雲が消えたのはさしずめ島の神様の演出でしょうか。水の惑星にいることを感じさせる超広角の青い世界が、劇的に現れたのです。

南の方にはうっすらと八丈島の影がありました。北の方には、神津島、新島、式根島、利島、伊豆大島、そしてなんと、富士山のシルエットさえ窺えます。空気のきれいな三宅島でも、伊豆諸島から本州までがこれだけクリアに見える日は滅多にないはずです。雄山もその逞しい全貌を現し、カルデラの淵までがくっきりと線を引いています。

気づけば私は服を脱ぎだしていました。これだけの広大な風景を前に、脱がないという手はありません。しかし、靴を脱ぎ、靴下に手をかけたとき、プラムさんの声で我に返ったのです。

「すごい！」

プラムさんは胸の前で手を組み、全方位に目をやりながら、泣きそうな顔をしています。

ああ、いけない。全裸になるところだったと私は慌てました。今はお客様を接遇しているのだ。しっかりしろ！

頭を切り替えた私に、いくつかの言葉が浮かんできました。

「プラムさん、人間の心も雲に覆われてしまうときがありますよ。そこで風が吹かないと、雲はどんどん重くなり、たちこめて動かなくなってしまうのです」
「プラムさん、火山は定期的に噴火します。もし、マグマの圧力が抜ける穴がどこにもなければ、広大な土地そのものが吹っ飛ぶことになります。すべては循環しなければいけないのですよ。流れや変化を止めてはいけないのです」
「プラムさん、泣いていいんですよ。心が雲に覆われ、体の循環すらも鈍くなれば、マグマ溜まりならぬ涙溜まりを抱えて生きていくことになります。それなら、もっと泣いた方がいいのです。一晩でも泣き明かせば、そこから本来の循環を取り戻せるようになるかもしれません」

私はしかし、浮かんできたこれらの言葉をいっさい口にしませんでした。空と海の輝きに抱かれたプラムさんの眼差しは、近くでも遠くでもない、もっと別のなにかを見ているようだったからです。ひょっとしたらプラムさんは、ひどいあだ名で呼ばれ始めた頃の少女の後ろ姿を、この無辺際の向こうに見ていたのかもしれません。私はひとことだけ、「風が吹いてくれてよかったですね」と伝えました。プラムさんは、「本当に」と短く答え、「もう、あたし、これで十分ですから」とお馴染みのセリフを繰り返しました。

雄山を降りた私たちは、阿古地区のはずれにある民宿「海亀」の玄関をくぐりました。今夜はここに宿泊します。ご主人に無理を言って、厨房に入らせてもらうことになりました。魚介の刺身をメーンとする夕飯に、もう一品おかずを加えるためです。それは、三宅島の隠された名物です。

「あんたたち、煮立てるところからやるのかい？」

海亀のご主人が、甲羅のついたトックリのセーターからニュッと顔を出し、「もの好きだね」と言いました。そう難しい料理ではありませんが、たしかに今、これを手作りする人はあまりいないかもしれません。

私は、漁協直営の「おさかなセンター」で手に入れたそのごわごわとしたものを水洗いしました。プラムさんは、それ、食べられるんですか？　という目で見ています。

「なんか、棕櫚《しゅろ》の毛みたいですね」

「生えているのは、深さ十メートルにもなる海の底だそうですよ」

鍋に水を張り、酢を加えて火にかけ、そのごわつくものを入れました。あとは吹きこぼれないように火加減を注意しながら、じっくりと煮立てていきます。

「昔はこのテングサ漁で、三宅島が相当に潤った時代があったそうです」

「テングサ、あたし、初めて見ましたよ」

伊豆諸島の名物といえば、トビウオやムロアジのくさやを思い浮かべる人が多いでしょう。でも、寒天やトコロテンの元となるテングサも島々の名産品なのです。

「あんたたち、そろそろだよ」

鍋を沸騰させて四十分ほど経った頃でしょうか、トックリからニュッと首を伸ばした海亀のご主人が、布を敷いたボウルを用意してくれました。煮立てたテングサを汁ごとボウルに注ぎ入れ、布で漉していくのです。雄山の雲に覆われたときのように、私たちは湯気に包まれました。ボウルには、淡い黄褐色のテングサの煮汁が溜まりました。これをバットに移し入れ、粗熱を取ってから冷蔵庫に入れます。

トコロテンが固まるまで、私とプラムさんは海を眺めに行きました。ちょうどタイミングよく、阿古の港の沖合をザトウクジラの群れが横断している最中でした。間欠泉が噴いたかのようにブローの水煙が上がります。十数メートルはある巨大なクジラがジャンプをしてみせるのです。着水とともに海が破裂します。クジラたちは、扇を二枚重ねたような尾びれでさらに海面を叩きます。

「ひゃーっ、わーっ」

「クジラたちは、小笠原の温かな海で子どもを作り、オホーツクに向けて旅をしている最中なんです。彼らはひとつの場所にはとどまりません」

「どうしてですか？」

「食べ物を求めてということもありますが、海の生き物の基本は、回遊することなんですよ」

「回遊？」

「はい。循環が必要なんです」

　こんなことを語りながら、私たちはクジラの群れが見えなくなるまで夕暮れの海を眺めていました。「クジラを近くで見られるなんて、もう、あたし、十分です」と、プラムさんは案の定、例のセリフを繰り返しました。

　民宿「海亀」に戻ると、トックリのセーターから主人がニュッと顔を出し、トコロテンの突き棒を手渡してくれました。冷蔵庫に入れておいたテングサの煮汁はぷりぷりと固まっています。長方体になるよう包丁で切り分け、突き棒の箱のなかに入れて、ぐっと押してやります。丼に溜まったトコロテンはきらめきながらぷるぷると震えています。

「こんなに綺麗なものだったのですね。あたし、初めて見ました」

　生まれたてのトコロテンを見れば、だれだってびっくりすると思います。切り口のすべてが虹色に光っているのですから。

　やがて、夕飯の時間になりました。アオリイカやメダイ、キハダマグロなどの刺身とともに、トコロテンでいっぱいの大きな丼がそれぞれの前に置かれました。プラムさんは、刺身をぱくつきながらビールを飲み、歓声をあげました。それからおもむろに、トコロテンに箸をつけたのです。

「こんなにたくさん、あたし、食べきれないと思います」

そう言って、トコロテンを口に含んだプラムさんでしたが、時間が止まったような表情になり、黙りこんでしまったのです。プラムさんはすこし口を動かし、トコロテンを飲みこみました。同時に、雫が頬を伝い始めたのです。

「こんなに……こんなに、美味しいものだったのですね、トコロテン」

「このタレがご主人の特製でね、ソーダガツオの出汁から作ったものだそうですよ。黒砂糖も少々入っているとか」

プラムさんは丼を手元に引き寄せ、トコロテンを続けざまに口に運びました。目を閉じたり、涙を手の甲で拭ったりしながら、「美味しい、ああ、美味しい」と忙しいです。

「美味しいだけじゃないんですよ。トコロテンはほとんどカロリーがありません」

「あたしが太っているから、人助けの料理としてトコロテンを選んでくれたのですね」

私は首を横に振りました。

「太っているかどうかなんて、相対的なことです。あまり気にしない方がいい。問題はそれよりも、循環です。溜まったものを外に出すことです」

「お通じにもいいと？」

私はうなずきました。

「トコロテンは、身も心にもよい食べものだと思います。特にこうやってテングサを煮るところから作ると、本当のトコロテンの味を知って驚きます。だからいくらでも食べられる。すると循環が始まります」

気がつけばプラムさんの丼は空になっていました。海亀のご主人がニュッと顔を出し、新しい丼を持ってきました。ええ？　と一瞬ひるんだプラムさんでしたが、彼女はまたトコロテンに箸をつけました。なんたって、ほとんどノーカロリーなのですから。

「プラムさん、月に一回でも、三宅島のテングサでトコロテンを作るようになれば、お通じがよくなって体に変化が出てくるでしょう。でも、もうひとつあるんですよ」

トコロテンをすすりながら、「はい？」とプラムさんが首を傾げました。

「大気もマグマも循環しています。自己否定で固まってしまったあなたの心にも風を吹かせなければいけません」

プラムさんが箸を置きました。トコロテンのタレを唇の端につけたまま、プラムさんは私の顔を見ます。

「単純なことですよ、プラムさん。風を吹かせるのは、あなた自身の言葉です」

「言葉？」

「自分をおとしめる言葉は今日限りやめましょう。むしろ、自分を褒めてあげてください」

プラムさんは、「そんな……」となにか言いかけ、下を向いてしまいました。

「こんなにトコロテンが美味しいと初めて知った。今日はいい日だったね。伊豆諸島も見渡せた。こんないい日がやってくるなんて、私の人生も素晴らしいね。そう言って、褒めてあげてください」

プラムさんはまた黙りこんでしまいましたが、何度かうなずくと、再びトコロテンをすすりだしました。丼にプラムさんの銀の雫が落ちていきます。


さて、その夜のことを追記します。

午前二時頃でしょうか。実は、プラムさんの部屋から大きな爆発音がしたのです。ブボーン！と、それはそれは大きな音でした。民宿も建物ごと揺れました。雄山がまた噴火したのではないかと思ったほどです。海亀のご主人も、トックリのセーターから顔を出して、「なんだ、なんだ」と私の部屋にやってきました。プラムさんの部屋に行こうとするご主人を私は止めました。私にはわかっていたからです。プラムさんのなかで溜まりに溜まっていたものが、今新たな循環の力によって外に噴き出されたのだと。民宿全体が、少々硫黄臭くなりました。

私は帰りに、三宅島のテングサをもうすこし買おうと思いました。プラムさんからいただく二九〇〇円では足りませんが。

第七話

長野

小布施

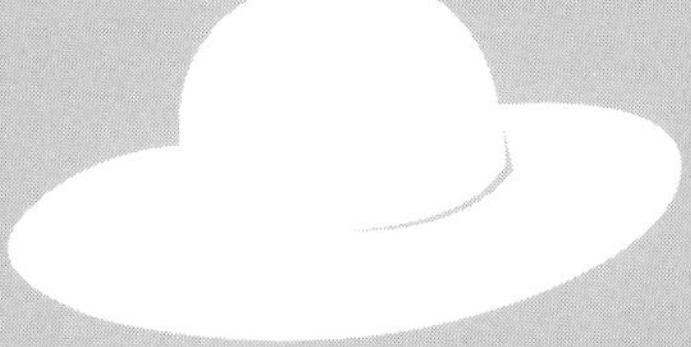

春の筆先がそっとなでていったのでしょう。千曲川の河川敷では、菜の花たちが黄色い歓声をあげていました。遠くの山々はまだ粉糖のような雪をかぶっていましたが、そよ吹く風は、植物たちの目覚めの香りを運びます。

「蕎麦はたしかにうまかったけど」

児童文学作家の南吉コンキチさんはハンカチで眼鏡を拭くと、河原に目をやりながら腰を拳で叩きました。

「てっきり、善光寺に詣でるものだと思っていたなあ。残念だよ」

今日は長い距離を歩くと決めていたので、まず腹ごしらえが必要でした。長野駅を出たあと、私たちは善光寺に向かう旧北國街道の緩い上り坂を進み、「十割」と看板のある蕎麦屋さんに入ったのです。のど越しのよい十割蕎麦と、くるみやとろろを盛ったつけ汁が旅の気分を盛り上げました。コンキチさんも、「やはり蕎麦は信州だな」と顔を緩ませました。ただ、そのあとが問題でした。国民的名刹を訪れずにここまで来てしまったことが、彼には不満だったのです。

「善光寺は帰りに寄られたらいかがですか。今は、この風景を味わってもらった方が」

「まあ、これはこれで素晴らしいけど。もう、足腰に来ているんだよね。なんたって今年、僕は古希だからね」

私たちは、長野市と須坂市を結ぶ鉄道道路併用橋、村山橋の歩道に佇んでいました。八〇〇メートルを超える長い橋だけに、眺望は見事の一語です。広大な風景は千曲川のきらめく水面とともにあり、信州の山々の白い稜線が、澄んだ青空を支えています。

コンキチさんが、「立派な山だね」と西側の飯縄山を指さしました。

「北信五岳のひとつです。奥に見えるのが黒姫山かな。信濃富士と呼ばれる山です」

「山はいいよね、歳をとらないから。いや、歳はとるのかな。いずれにしても、山は人間たちからいつも眺めてもらえる」

須坂方面から列車が近づいてきました。銀色に光る長野電鉄の車輌です。村山橋に差しかかると、橋梁全体がゴーッと鉄の唄を歌い始めました。列車は三輌編成です。車窓越しに乗客の顔が見えるくらいのゆっくりとした速度で、千曲川を越えていきます。

「この列車、かつては東京の日比谷線を走っていたそうですよ」

「へー、そうなのか。場所が変わっても、また活躍できるんだから、いいよな」

「コンキチさんだって、大変なご活躍じゃないですか」

「いや、そんなのは昔のことだよ。麦わらさんに送ったメールの通りでさ、今は自分の衰え方に驚いている」

「でも、書き続けるんですよね」

「まあ、そのつもりだけど」

　私たちは村山橋を渡りきり、須坂市に入りました。道路沿いには、旧村山橋のメモリアルパークがあります。大正時代に建造された旧橋は平成の半ばに取り壊され、現在の村山橋に替わったのです。公園には、旧橋のトラス構造の一部を使ったベンチが設置され、一世紀前のデザインセンスを今に伝える親柱も展示されていました。

「ここがゴールかな？」

「いいえ、まだまだです。目的地まではまだ半分ほどですかね」

「うへっ、まいった。じゃあ、ちょっと休ませてもらおう」

　コンキチさんは平面を三角で支えるトラスの黄色いベンチに腰を下ろし、「僕もずいぶんと人がいいよね」とつぶやきました。

「どこに連れて行かれるのかわからない。それ以前に、麦わらさんがどういう人なのかもわからない。それでも東京から長野までやってきて、この長い距離をいっしょに歩いているわけだから」

　私も隣に座りました。

「目的地がわからない旅もいいものじゃないですか？」

「若い頃ならわくわくもしただろうけど、最近は、残りの時間を考えるようになってきたからね。なにをしてもぼんやりとした不安がつきまとう。本音を言うと、目的地がわかった方が、気持ちの上じゃ楽だなあ」

　コンキチさんはペットボトルの水を一口飲むと、短いため息をつきました。鼻にしわを寄せ、まるでトラスの錆をなめたかのような表情です。

「せっかく連れてきてもらったのに、わるいね」

　この人は執筆に行き詰まったときもこんな顔をするのだろうか。私の脳裏に、パソコンを睨んで呻吟しているコンキチさんの姿が浮かびました。

「コンキチさん、物語を書くときはパソコンですか。それとも原稿用紙に手書きで？」

「もちろんパソコンだよ。いまどき手書きじゃ、編集者だって大変だろう」

「では、『忍者連邦』のときも？」

　前世紀末に大ヒットしたコンキチさんの人気シリーズです。アメリカン忍者やイタリアン忍者が、日本の伊賀忍者の末裔と手を組んで巨悪と戦うストーリーだったと記憶しています。海外でも人気となり、映画化もされました。

「あの頃はパソコンじゃなくて、ワープロだったね。ただ、それまでは手書きだったよ。『妖怪合唱団』とか、『砂漠の海賊船』とか、あのへんは原稿用紙に万年筆で書いていたな。『魔法の湯たんぽ』なんかもそうだね」

私も知っている懐かしい作品のタイトルをコンキチさんは口にしました。

「手書きは大変だったけど、僕も若かったからね。徹夜なんて平気だった。勘が冴えている上に、エネルギーに充ち満ちていた頃だよ。一週間で一冊を仕上げるペースだった。読者もいっぱいいたから、書けば売れた。信じられるかい？　初版五万部が当たり前の時代だった。今はせいぜい三千部だよ」

コンキチさんはベンチから立ち上がり、両手をゆっくりと突き上げました。背伸びをしながら、空をなでるような仕草をします。

「世の中は変わり続けるね。今の子たちは小学校の授業でもタブレットを使うでしょう。あれが体に馴染んだら、本を手に取ろうって気にはならないよ。タブレットでも物語は読めるけど、長いのは無理だな。小説を読む忍耐力みたいなものがどんどん失われていくと思わないか？」

そうかもしれませんね、と私は曖昧に返しましたが、胸のなかでは、絶対にそうだろうなとうなずいていました。

私たちはまた歩きだしました。千曲川の東側、須坂市を抜ける国道三四三号を北に向かって進みます。右手には志賀高原へとつながる山々があり、河岸の平野部から裾野にかけて家々や耕作地が続きます。ここにも春の気配があり、芽吹いた草の上でセキレイが尾を振っています。しかし、コンキチさんの目は小鳥のダンスを捉えていないようでした。

「電車のなかでも、スマホを覗きこんでいる人ばかりだよね。本を読んでいる人をたまに見かけると、駆け寄って激励したくなるよ。書店がすっかり減ってしまった上に、高校の国語の授業から小説だの詩歌だのが排除される方向にある。文科省が音頭をとってね。僕ら物書きにとってはもちろん、この国にも大きな損失をもたらすのではないかと心配なわけだ。人間の心というものは、際のない、途方もない領域から成るんだよ。マルバツや論理だけで表現できるものじゃない。だから物語に親しむことが大切なんだ」

「漫画は売れているようですよ。電子書籍は漫画でもっているとか」

「漫画を否定しようとは思わないよ。僕も読むからね。でも、頭のなかで像を結ぶイメージ力というのかな、それを鍛えるのはやはり活字なんだと思うよ。映像と漫画だけでは、脳が受け身にならざるを得ない。このままだと、創造力の乏しい国になっていく可能性があるよ」

二羽のアオサギが私たちの頭上を越えていきました。悠々とした羽ばたきでした。私は鳥の行方を目で追いましたが、コンキチさんはすこしうつむき加減で、「問題だらけだよ」とつぶやきました。

私たちは松川という小さな流れを渡り、栗林が広がる小布施町に入りました。コンキチさんの疲労も考え、国道沿いに現れた「道の駅　オアシス小布施」で休憩を取ることにしたのです。そこで、栗のソフトクリームをいただきました。

「ソフト栗イムだって。ネーミングとしていまいちかと思ったけれど、これはうまい。体の疲れにはこういうものがいいね」

「ずっといっしょにいたようなミルクと栗の組み合わせですね。これはクセになりそうです」

淡い黄褐色のソフトクリームをなめながら、コンキチさんが店前の行列をあごで指しました。

「かなり人気があるみたいだな」

氷菓が恋しくなるような季節ではないのに、駐車場に車を停めた人々が次々やってきます。手にしたソフトクリームをひとなめして、だれもが微笑むのです。

「小布施、僕は初めてきたんだよ。栗で有名な町だとは聞いていたけれど」

「栗羊羹、栗饅頭、栗おこわ、朱雀、マロングラッセ、モンブラン……。小布施の町を歩けば、栗のお菓子や料理を味わえますよ。江戸時代の後半には、小布施の栗は将軍に献上されていたようです」

うーん、そうか……と、コンキチさんは首を伸ばすようにして、道の駅で売られている野菜やお菓子に目をやりました。

「なるほど、栗か。麦わらさんがこれから僕に振る舞おうとしてくれている料理は、きっと栗を使ったものなんだね」

私は返事をせず、ソフトクリームを口いっぱいに頬張りました。こめかみが急に痛くなり、指先で叩かなければいけませんでした。

「栗は、いいかもしれない。メールで送ったとおりでさ。七十というのはそういう歳なのかな。なんだか、体のなかからエネルギーが抜けてしまったようでね。もうここ数年、ろくなものを書いていないんだよ。ネタ帳を開いても、なにも閃かない。それに、僕の本が売れたのは過去の話だから、今の編集者たちは相手にしてくれない。もちろん、力が萎えたと自分でもわかっているんだよ。ひどく寂しい気分だ。しかし、たしかに栗はいいな。自然の恵みがあの栗の実のなかにぎゅっと詰まっているわけだから、そりゃ、力が湧くよね。このソフトクリームでさえ、ちょっとだけ、心の風景を変えてくれた」

「それはよかったです」

「いや、実はね……」

コンキチさんが私の目をじっと見ました。

「七年前に、妻に先立たれてね。彼女が大好きだったんだ、栗」

「奥さんを……そうだったんですか」

弱ったなと私は思いました。コンキチさんを小布施に連れてきたのは栗のためではなかったからです。

「この小布施が、今日のゴール？」

「はい。まあ」

「やはりそうか。妻が麦わらさんを使って、栗の町へと誘ってくれたのかな」

私はこめかみの痛みを我慢して、ソフトクリームの残りを平らげました。コンキチさんは、

「栗か、そうか、栗に救ってもらうか」と一人でうなずいています。

私は立ち上がりました。言いにくいことをコンキチさんに告げるためです。

「あの、今日は栗を食べるためにここに来たわけではないのです」

「ああ?」

コンキチさんは戸惑った表情をしていましたが、私への怒りが湧いたのか、顔が赤らんできました。

「どういうことだよ、ここまで来てさ」

「小布施はたしかに今日のゴールですが、栗が目当てではないんです」

「ひどいじゃないか。長野まで来て善光寺詣でもさせない。小布施まで歩かせて栗も食べさせない。もともとここがゴールなら、電車で来てもよかったじゃないか。なんでこんなに歩かせた? 妻の話までさせておいて」

「はい、すいません」

私はコンキチさんに頭を下げました。

「本当のゴールはもうすこし先なんです。ついてきてください」

　私が歩きだしても、コンキチさんはベンチに座ったままでした。

「コンキチさん、北斎が待っていますよ」

「北斎？」

　コンキチさんはソフトクリームを手に持ったまま、ゆっくりと立ち上がりました。


　土塀に沿った道で遊ぶスズメたち。瓦屋根を伝う午後の光。石畳の傍に咲く黄色い福寿草。小布施の街には、つい足を止めたくなる風景がいたるところにあります。なにげない小径を歩くだけで、遠い日の陽だまりのなかにいるような気分になってきます。栗を食べに来たのではないと知って、爆ぜたイガのような顔をしていたコンキチさんも、散策の途上で表情が和らいできました。

「はあ、ここはいいねえ。なんだか、夢でしか見られない、かつての日本の風景と向かい合っているようだ」

　古い造り酒屋や神社の木立などに目をやりながら、コンキチさんは「いいねえ」と繰り返します。ただ、彼は気づいていたはずです。この街は、消えてしまった過去の日本を再現したのではありません。私の印象で語るなら、小布施の人々は古くからのよきものを残しつつ、現代の視点でジャポニズムなる形式を存分に使い、遊び、美術と栗菓子の街を新たに創造したのです。

風情のある通りには、和菓子店やカフェが軒を並べています。観光客でにぎわうおしゃれな店の佇まいも、この街がたたえた光にしっとりと馴染むのです。いにしえを謳っているようで、小布施は斬新な修景地区としてこれからの日々に顔を向けているのでしょう。どなたでもどうぞと、庭を開放している民家が複数見られることにも驚かされます。住民もまた演出家になり、楽しみながら我が街を盛り上げようとする気配が伝わってくるのです。

「北斎がここに来たとはねえ」

「江戸を代表する浮世絵師のイメージがありますからね。晩年をここ小布施で過ごしたこと。しかも大作に挑んだことは、あまり知られていないかもしれません」

「お恥ずかしい話だけど、それは僕も知らなかった。もともと、絵心がなくてね。北斎の絵をちゃんと観たこともないんだ。だから、北斎が待っていると言われても……」

「それなら、北斎とはこれから仲よくさせていただくということでいいじゃないですか」

「うん。それはそうだ」

信州小布施が誇る「北斎館」。浮世絵師、葛飾北斎の実作品を多数展示しているこの美術館も、和風の構えに独特の品格があり、街の美しさに溶けこんでいます。私とコンキチさんは玄関前のロータリーに立ち、鮮やかな芝の緑を目に入れながら北斎の人生について短い言葉を交わしました。

「たしか、北斎は長生きをしたんだよね」

「はい。数えで九十の生涯だそうです。江戸時代は五十まで生きるのも難しかったと言われていますから、北斎の長寿は、異例中の異例だったのではないでしょうか」

「それで北斎の絵でも観て、あと二十年くらいは頑張れと、そういうことかな?」

「まあ、なにはともあれ……まずは、北斎の作品をじっくりご覧になってください」

館内では、私はしばらく口をつぐんでいようと思いました。絵にあまり関わりのない人生を歩んできたと語るコンキチさんでしたが、荒唐無稽な物語をたくさん書かれてきた作家なのですから、立派な創作者の一人です。私がなにを語るよりも、北斎の錦絵や肉筆画と向かい合ってもらった方が、失ったバイタリティーを取り戻すきっかけをつかめるのではないかと思ったのです。

案の定、展示室に入ったコンキチさんは、北斎の代表的錦絵である『富嶽三十六景』、その木版浮世絵の連なりを前にして、棒のように突っ立ってしまいました。目の前の版画は、有名な『神奈川沖浪裏』です。木造船に落ちかかる波濤、その向こうに見える富士山のシルエット。だれもが知っているグレートウェーブの図としばし対峙して、コンキチさんはようやくこうつぶやいたのです。

「北斎って、こんなにポップだったのか」

近くでうなずきつつ、しかし言葉は返さずに、私もまた北斎の錦絵を見つめます。とても不思議なことですが、北斎の絵を見ていると、描かれた風景のなかに自分が入りこんだような気がしてくるのです。船の軋む音や、旅人たちの声が聞こえてきそうです。北斎の魔力を正面から受け、「うーん、これは……すごい」「ああ、もっと早く出会っていればよかった」と、コンキチさんの体からは言葉が勝手に漏れ出ている様子でした。

「八十八歳でこれを？」

コンキチさんが腕を組んだまま唸ったのは、小布施の寺、岩松院本堂に奉納された巨大天井絵『八方睨み鳳凰図』のレプリカを前にしたときでした。

「一年かけて描いたらしいですよ」

「いや、たまげた。びっくりしたよ。どんな体力だよ。いや、精神力か」

絶筆とされる肉筆画『富士越龍』の前でも、コンキチさんはしばらく動かなくなりました。龍が富士を越え、黒雲を従えて天に昇っていく構図です。

「これを、九十歳を前にして描いたのか。自分の人生がもうじき終わるとわかっていたのかな。この龍は北斎なのか？」

「ひょっとしたら、そうかも」

「僕もこんなふうに昇天するのかな。雲ひとつ巻き上げられないと思うけどね」

神妙な顔つきでしばらく龍を見つめていたコンキチさんでしたが、別室では違った表情を見せました。展示されている二基のきらびやかな祭屋台を仰ぎ見て、「ひゃーっ」と子どものようにはしゃいだのです。

「これは見事だな。なんだろう、この祭屋台と出会えた喜びは。最高にハッピーじゃないか。いやー、それにしてもすごい。なんという力だ？　なんというデザインセンスだ！」

晩年の北斎を小布施に招いた豪農商、高井鴻山が手がけた『東町祭屋台』と『上町祭屋台』です。小布施の実際の祭で使われてきた極彩色の祭屋台は、その天井画を北斎が描いているのです。『東町祭屋台』の『龍図』と『鳳凰図』が、北斎八十五歳の作品。『上町祭屋台』の『男浪図』と『女浪図』がその翌年、八十六歳の絵筆によるものです。鮮烈な赤を背景にした龍。暗い藍色のなかに浮かび上がる鳳凰。そして今この瞬間にも水しぶきを跳ね上げそうな波濤の図。これらの絵に、老いは微塵も感じられず、むしろ今生まれたばかりだとしか思えない新鮮な力が私たちにぶつかってきます。

「参ったな。いや、ここに連れてきてもらって正解だった。人は最晩年になっても、これだけの若さをもって、こんなに華があるものを生み出すことができるのか」

ライトアップされた祭屋台の下で、コンキチさんがアハハと口を開けました。顔のすべてを緩ませて笑っている彼を私は初めて見ました。

「麦わらさん、ありがとう。葛飾北斎に会わせてもらってよかったよ」

はい、と私は答えましたが、館内にはまだ観るべきものがあります。私とコンキチさんは映像ホールに入り、そこで短編作品を二本鑑賞したのです。一本は、北斎の世界的評価を学術面から伝えるものでした。もう一本は、晩年の北斎を小布施に招き入れ、アトリエまで与えた高井鴻山との関係を紹介したものです。この作品では、初老とおぼしき俳優が北斎の役を演じていました。八十を過ぎて、江戸から小布施まで歩いてやってきた北斎の肉体的疲労を、俳優は苦悶の表情で演じます。「え？」と横でコンキチさんが声をあげました。

「まさか、北斎、歩いてやってきたの？」

「そのようですよ」

「そんな……あり得るのか？」

コンキチさんはさらに、意外なところで心を奪われた様子でした。スクリーンを観る彼の姿勢がぐっと前のめりになったからです。それは、北斎の画号について説明されたシーンでした。

私たちは、葛飾北斎という名でこの唯一無二の画家を認識しています。しかし、彼は生涯に三十回もその画号を変えているのです。春郎、為一という名も知られていますが、老いてから彼は、「画狂人」「画狂老人卍」などと名乗りました。描くことで命を燃焼し切ろうとしたその心を、「狂」という文字に託したのでしょうか。

映像作品を観たあと、コンキチさんは頭の後ろで手を組み、天井を見上げました。

「まさか、歩いたとはね」

「北斎がどうやってここまで来たと思っていたのですか？」

「船か、籠か、そういうものだと思っていたよ。だって、八十を過ぎてからの旅だよ」

「江戸から小布施まで、約二四〇キロです。北斎はどうかわかりませんが、一般の行商人なら、宿場のある街道を選んで、五泊六日で歩いたそうですよ」

「そんなの、無理に決まっているよ。一日平均四〇キロ？　しかも、群馬からこっちは山岳地帯だろう。そりゃ、老人にとって、どれだけつらい旅だったろうか」

「つらかったのでしょうか？」

え？　なにを言っているんだ？　という表情で、コンキチさんが私の顔を見ました。

北斎館を出た私たちは、栗の木の間伐材で舗装された散策路を辿りました。周囲の建物や庭がこれまた北斎の絵のようであり、一句捻りたくなる景観です。

「それにしても、高井鴻山との人間関係だけで北斎はここまでやってきたのかな。なんであんな無理をして」

「天保の改革がその理由ではないかと言っている研究者もいますね」

「あの強烈な倹約令？」

「そうです。幕府財政の立て直しと綱紀粛正のために、庶民の娯楽を禁止し、歌舞伎まで江戸から追い出した無茶苦茶な政令です。役者や遊女を描いた絵師たちも続々捕らえられたそうですよ」

「あ、それだ。だとしたら、やっぱりつらかったろうな、北斎」

「私はそうは思わないです」

「どうして？　八十を過ぎてそんな歴史的不条理に巻きこまれてさ」

「北斎は嬉々として歩きだしたのだと思いますよ。江戸ではもう自由に絵を描けない。そこで小布施からいらっしゃいと声がかかったわけですから」

「そりゃ、まあ、嬉しいな」

「そうですよね。しかも自分の足で、信州まで初めて歩くわけです。目にする風景すべてに心躍らせながら」

「躍ったかな？」

「もちろん躍りますよ。どんなに小さな花や虫にも、絵に描くことで第二の生命を与えてきた人です。肉体の疲れはあったとしても、心は解き放たれての旅だったのではないでしょうか。まるで遠出した子どものようにわくわくとして」

「そうか……わくわくしていたのか。自ら画狂老人と名乗るくらいだものね。うん、わかるような気もしてきた」

小さなベンチがありました。私たちはそこに腰かけました。

「コンキチさん、そろそろ麦わら料理を召し上がっていただくときが来たようです」

「ほう、ついに」

私がデイパックから取り出した紙包みを、「栗じゃないんだね」と言いながらコンキチさんが見つめました。

「今日、長野からここまでを歩いてもらったのは、八十代の北斎の旅を、すこしでも想像してもらいたいと考えたからでした。でも、コンキチさん、歩くの、つらそうでしたよね。風景もあまりご覧になっていなかった」

コンキチさんが頭をかきました。

「妻とは、時折散歩もしたんだけどね。彼女を亡くしてからはずっと歩いていなかった。正直、今日は心身に来た。なんだか、自分とは関係ない世界を歩いているようで」

そうでしたか、と私はうなずきました。

「ある程度の年齢になれば、歩かなくなったり、書かなくなったりするのは自然なことだと思いますよ。創造のバイタリティーは次々と新しい世代に譲られていくわけですから。でも、コンキチさんはその流れに楔を打ち、もうひと頑張りされたいんですよね」

「うん、そうなんだ。今この年齢だからこその、新しい物語を書きたい」

「それならやはり、画狂老人の狂の字を借りるべきだと思うんです。衰退していくことは自然です。でもそこに、狂を入れてやる。英語で言うなら、よい意味でのクレイジーでしょうか。江戸からここまでをわくわくしながら歩くその心です」

「僕にも歩けと?」

私は紙包みを解きました。現れたのは、竹皮を竹紐で結んださらなる包みです。

「江戸時代、旅人は普通、干し飯を携行したようです」

「干し飯?」

「干した米です。それを旅先で水に浸し、箸で突いて柔らかくしてから口に入れたそうです。でも、私は北斎が干し飯を食べたとは思えませんでした」

「どうして?」

「やはり、狂の字がつくほどの面倒くさがり屋だったからです。生涯に九十三回も引越しをしているのは、絵を描くこと以外の一切をやらず、部屋がゴミに埋もれて住めなくなったからだと言われています。炊事の類はまったくやらなかった。だとすれば、旅で口にするのはこれしかありません」

私はコンキチさんのひざの上に、竹皮の包みをのせました。コンキチさんはおぼつかない指使いで竹紐を解き、竹皮を開きます。

「うわ、おにぎり」

「はい。味噌を塗った焼きおにぎりです。江戸時代からあった、旅籠の弁当です」

はあ、と息をつき、今朝私が作った焼きおにぎりをコンキチさんはじっと見つめました。なにも言いません。

「日々を重ねてくると、目の前に広がる風景よりも、過ぎてきた時間の方を見てしまうものかもしれません。でも、狂の字をつけて再び歩きだすなら、新しく生まれてきた子どもたちと競うくらいの気持ちで、世界をもう一度受け止められるのではないでしょうか？」

「世界を？」

「子どもにも、私たちにも、世界は等しく語ってくれているのだと思いますよ。画狂老人は常に目を新しくしていたのではないかと思います」

「そうだね。それは、そうかもしれない」

コンキチさんは焼きおにぎりをひとつ手に取り、おもむろに口に運びました。

「ああ、うまいね。味噌というのがいい。信州味噌？」

「いえ、上州の麦味噌です。北斎は山道に入る前に旅籠にお願いして、これを作ってもらったのではないかと」

そうか、そうか……と、コンキチさんは小刻みに頭を振りました。

「うまいけど、やっぱり、帰りには栗菓子も買っていいかな」

「もちろんですよ」

「ありがとう。なんだかすこし、新しい気持ちになれたよ。ただ、麦わらさんとはここでお別れだ」

はい？　と私は焼きおにぎりを頬張っているコンキチさんの横顔に目をやりました。

「決めた。帰りは一人で、ここから長野まで歩いて戻ることにした」

米と味噌を咀嚼し、コンキチさんは全開の笑みを見せました。


コンキチさんから今日の実費と、相談料としての二九〇円をいただいたあと、私は長野電鉄で終点の湯田中まで行き、日帰り温泉で一風呂浴びました。長距離を歩いたあとはこれに尽きます。ただ、翌日は別の仕事がありましたので、そうのんびりとするわけにも行かず、一息入れたあとは再び電車に乗り、長野市に戻ろうとしたのです。

もうすっかり夜になっていましたから、コンキチさんと歩いた小布施や須坂の風景は見えません。街灯や家々の光が点々とつながるだけです。車輌内にも他に乗客はおらず、私一人でした。今日の仕事をやり遂げた開放感もあり、私は強烈に脱ぎたくなってきました。靴と靴下を脱ぎ、さて、どこまで許されるだろうかと上着に手をかけたときです。千曲川を越える村山橋が、車道を行き交う車のライトも手伝って、ぼんやり明るく浮かび上がり、近づいてきたのです。

なんと、私はその橋上で、コンキチさんを見かけました。彼は歩道に立ち、ゆっくり過ぎていくこの列車に顔を向けていました。

私は上着に手をかけたまま、思わず腰を浮かせました。コンキチさんが橋の上にいたという偶然性からではありません。

なんと、コンキチさんの横には一人の女性がいました。コンキチさんと同じ年齢くらいの、柔らかな微笑みをたたえた女性です。

私がこの列車に乗っていることは知らないはずなのに、二人ともこちらに向けて手を小さく振りました。

私は一瞬、背中に冷たいものを感じました。しかし目を瞬かせると、そこに立っていたのはコンキチさん一人だったのです。

ああ、奥さんが応援しに来てくれたのだと思いました。もう一度新しく歩みだそうとしているコンキチさんの道中を奥さんが見守ってくれていたのだと。

コンキチさんの姿が見えなくなってから私はほっと一息つき、上着を脱ぎました。

第八話

米国　ニューヨーク

ロスアンゼルス経由の乗り継ぎ便を利用したため、ニューヨークのケネディー空港までは丸一日かかりました。ほとんど眠れなかったせいか、私はぬいぐるみの綿にでもなったような気分でアメリカ合衆国に入国し、マンハッタン行きのバスに乗りこんだのです。ところが今度は渋滞に巻きこまれ、バスはなかなか進みません。グランド・セントラル・ターミナル駅に着いたときには、身体が座席の形に固まっていました。

一刻も早くホテルにチェックインし、ベッドの上で身体を伸ばしたい。そう念じていたのですが、ようやくマンハッタンの路面に立ち、鉄串のようなクライスラービルの尖塔を仰いだとき、かつてこの街で体験したとびきりの料理が頭のなかに浮かんだのです。疲れているはずなのに、舌の奥が盛り上がり、つばが湧いてきました。休んでいる場合ではない。お悩みのお客様と会う前に、まず私にとってのニューヨークと再会しなければと、なぜか駆り立てられるような気分になりました。

私は六番の地下鉄に乗り、アスター・プレイス駅を目指しました。各国料理のレストランや雑貨店、ライブハウスなどがひしめくイースト・ビレッジの最寄駅です。日本でいえば原宿の表参道に該当するような場所でしょうか。米国のお上りさんも含め、世界中の若者たちがこのビレッジにやってきます。

地下鉄車輌内の雰囲気は、私がマンハッタンで暮らしていた頃とあまり変わらないように感じました。肌の色が異なる人々が隣り合い、それぞれのポーズでしゃべったり、考えこんだり、イヤホンの音楽に合わせて身体を揺らせたりしています。ニューヨーク・ニックスのレプリカユニフォームを段ボール箱に入れた男が、「紳士淑女の皆さん、買わないか！」と声をかけながら通路を過ぎていきます。いわゆるバッタもので、日本では見かけない単独出没型の物売りです。私は男の背中を目で追いながら、なんでもありの街に戻ってきたことを実感しました。ただその一方で、列車がアスター・プレイスに近づくにつれ、だんだんと冷静になってきました。過ぎた歳月を考えれば、あの店が残っているはずはないのです。

街は変わります。日々、新しい人たちが流れこみ、出会い、ときめき、見つめ合い、なにも告げずに去っていきます。色即是空、転変こそが常であるという真実は、人にも店にも当てはまるのです。この摩天楼の街で一軒のレストランを長く維持していくことは、目抜き通りに新しい店をオープンさせるよりも難しいでしょう。私は、「がっかりしないように」と自らに言い聞かせながら、アスター・プレイス駅の階段を上がったのです。

イースト・ビレッジは相変わらずにぎわっていました。居酒屋などのジャパニーズ・レストランが以前よりも増えているような気がしました。「ＲＡＭＥＮ（ラーメン）」のフラッグが風に揺れています。私はイースト・リバーに向けて通りをまっすぐに進み、思い出の交差点に立ちました。

やはり、その店は見つかりませんでした。周囲も歩いてみたのですが、大きなガラス窓が印象的だったメキシカン・レストランはもうそこにありませんでした。しかし、歩いているうちに、記憶の一皿はより鮮明になりました。その夜をともにした一人の女性も目の前で微笑み始めました。

あの日、白い皿にのって現れたのは、鉄串に貫かれ湯気を立てていた黄色、緑、赤の野菜、そしてチキンでした。アート作品のごとく鮮やかなテリヤキ・バーベキューです。醤油ベースのふくよかな香りが、私を饒舌にさせてしまったことを覚えています。

料理の主役はおそらくチキンだったのでしょう。コロンビア人の彼女は、シェアしたそのプレートから真っ先にチキンを取り分けました。しかし私が思わず「ああ……」と声を漏らしてしまったのは、サワークリームがのった赤い野菜の方でした。アツアツのその宝石を口のなかで転がしながら、私は彼女に尋ねたのです。

「この赤いのは、なに？　素晴らしく、美味しい！」

「トマトよ。たぶん、イタリアの調理用トマトだと思う」

「本当に？　だって、トマトの形をしていないけれど」

そばにいたメキシコ人のウェイターが笑いだしました。

「形がなくなるまでソテーするんだ。そうすれば、旨味が爆発する」

これが、調理用トマトのテリヤキを初めて口にした夜の、いまだに消えない記憶の一部です。日本の醤油ソース、主張があるメキシコのスパイス、サワークリームの爽やかな甘み。これらすべてが渾然一体となり、イタリアントマトの濃厚な旨味を支えていました。口内に味覚の万国旗がピンと張られた一瞬でもありました。目の前には、あと数日で母国に帰らなければならない彼女。私は一皿の料理と、二度と会うことがない彼女の眼差しをもって、多人種の街で暮らすことの喜びと切なさを知ったのです。

私はあの夜、ライトアップされた自由の女神像が遠くに見えるバッテリー・パークを訪れました。一人ベンチに座り、出会いと別れについて考えていたのです。サヨナラだけが人生だ。でも、テリヤキのトマトはむちゃくちゃにうまい。今は悲しいの？　それともきらめいているの？　そう問いかけたとき、自由の女神像がこちらをゆっくりと振り向きました。彼女はあの大きな身体をよじり、しかし私にだけ聞こえる小さな声で、「Yes.」とささやいたのです。ああ、双方を受け止めなければいけないのだと私は思いました。この交雑の渦こそが自分にとってのニューヨークなのだと、女神に教えてもらったのです。

あれから二十余年の歳月が過ぎました。今夜会うお客様は、ケイタさんです。本名ではなくハンドルネームですが、ニューヨーク在住の若い日本人男性です。

私がトマトのテリヤキに驚愕し、帰国してしまう彼女の幸せをやせ我慢で祈った夜、ケイタさんはまだよちよち歩きの幼児だったはずです。歳月は実に速く過ぎていくものですね。よみがえった思い出にいささかうろたえつつ、私はイースト・ビレッジの人混みのなかに戻っていきました。

その夜、ケイタさんと待ち合わせをしたのは、ロウアー・イースト・サイドにあるＳＡＫＥ（日本酒）バーです。

日本酒は、マンハッタンの人々からも愛されています。ワインでフランスを語った時代があったように、今は日本酒を嗜み、日本文化のなにかのジャンルに精通することが、ニューヨークでは確たる教養として認められているのでしょう。私が暮らしていた頃から、それはすでに始まっていたようです。ＳＡＫＥバーに行列をつくる人々は、演劇や映画など、文化の話を肴に飲むタイプが多かったように思われます。

麦わら帽子をかぶったまま、私は約束の時間よりもすこし早くＳＡＫＥバーに入りました。そして、大西洋産のコハダの酢締めで一杯やりだしたのです。客でいっぱいの店内には、ヒップホップの曲が大音量で流れています。グラスでいただいた高知の酒「酔鯨」が、ドラムンベースの音に合わせて波紋を作るほどです。ニューヨークにしかない雰囲気だなと思いながら、私はケイタさんからいただいたメールをあらためて読み直しました。

麦わらさん、こんにちは。会いに来てくれるはずもないと知りながら、僕の悩みを伝えます。学生ビザでニューヨークに来て、もう四年になります。語学学校を経てブルックリンのコミュニティー・カレッジ（短期大学）に入ったのですが、英語はあまり上達せず、学校にはほとんど行っていません。それで、普段はジャパニーズ・レストランでアルバイトをしています。ただ、どういうわけか、日本人が複数集まると、僕はいじめの対象になるようです。日本を飛び出した理由もそれでした。日本の学生時代にいい思い出はありません。そして今も、ジャパニーズ・レストランでバイト仲間たちから無視されたり、悪口を言われたりします。麦わらさん、僕はどうしたらいいでしょう。国籍は日本ですが、母国に帰りたいとは思いません。でも、アメリカで生きていく技術も言葉もありません。僕はいったいナニジンなのでしょう。アイデンティティー・クライシスです。いっそこの星からいなくなってしまった方がいいかなとも思うこともあるのです。

ケイタ

私がここで暮らしていた頃も、この種の問題を抱えた長期滞在者はすくなくありませんでした。日本には帰りたくない。しかし、アメリカでも暮らしていけない。やがてヴィザの期限が切れ、息をひそめて暮らしていくようになります。ニューヨークの日本語のタウン誌でも、

『思い切って帰国してみよう』という特集が組まれていました。

ケイタさんは約束の時間ぴったりに現れました。クライスラービルのようにひょろりと背が高い青年でした。その分、うつむき加減で話すクセがあるようです。人見知りする性格なのか、あまり目を合わそうとしません。なにか私に向けて語るのですが、大音量のヒップホップが降ってくるので聞き取れません。

「わるい！　もっと大きな声でしゃべってくれるかな」

申し訳ないと思ったのですが、私も片手を口に当てて声を張りました。ケイタさんは背筋を伸ばし、目を丸くしてこちらを見ながら「あの！」と叫びました。

「信じられないです。麦わらさんが本当に来てくださるなんて！」

「いいんだよ！　仕事だから」

「仕事といっても！　ニューヨークまで来てくださって、二九〇円の利益ですよね！」

彼は、「それではいくらなんでも、と思いまして！」と紙袋を差し出してきました。

「なんですか、これ！」

「ほんの気持ちです！　ニューヨーク土産ということで、受け取ってください！　NBA、ニューヨーク・ニックスのユニフォームです。レプリカですけど！」

「おお、これは……ありがとうね！」

地下鉄車輌で段ボール箱を抱えていた男の「買わないか！」という声が、ヒップホップの大音量のなかでよみがえりました。

「でも、僕の気持ちとしては！　これだけでも足りないんで！　コロンビアのコーヒー豆をつけておきました！」

「コロンビア！」

「はい、アラビカ豆です！　香りがいいです！　ちょっとだけつき合っていた、コロンビア人の彼女がいたんです！」

「え！　いたの！　コロンビア人の！」

身体ごとの声が出てしまいました。ケイタさんの肩が揺れました。さすがにウェイターたちがこちらを振り向きます。

「はい、いました！　でも、帰国しちゃったんです！　それで、コロンビアのコーヒーを飲む習慣だけが！　僕に残ったわけです！」

「そう……そうなの！」

頭ごとダイブするような相槌を打ちながら、私は彼がオーダーした「船中八策」のグラスに、自分が持つ「酔鯨」のグラスをぶつけました。大音量のなかで、カチーンといい音がしました。

「コロンビアには！　追いかけていかないの！」

大声で聞くと、ケイタさんはグラスを呷ってから息を吸いこみ、「無理です！」と叫びました。

「彼女、親が決めた許嫁がいたんです！　それに僕はスペイン語ができない！　英語もできない！　なにもできないんです！　運動神経もないし！　楽器も弾けない！　本当に、僕にはなにもないのです！」

「日本語ができるじゃないか！」

「でも、日本人とはうまくやれない！」

それだけを言い切り、ケイタさんはグラスの酒を飲み干しました。彼の目尻がかすかに濡れて光ったのを私は見逃しませんでした。


翌々日の午後、私はチャイナタウンからウォール街を抜け、思い出のバッテリー・パークへと向かいました。マンハッタンの最南端に位置する公園です。海を臨むこの場所で、ケイタさんに麦わら料理を手渡す約束をしたのです。

公園名の「バッテリー」は、ピッチャーとキャッチャーのコンビではなく、電池でもありません。これは「砲台」を意味する言葉なのです。米国独立後の第二次英米戦争でここに砦が築かれ、海に向けて砲身が並んだのです。

約束の時刻より早く着いたため、公園内にケイタさんの姿はありませんでした。私はベンチに腰かけ、目の前の海を眺めました。ブルックリン地区とニュージャージー州の両岸に臨み、イースト・リバーとハドソン・リバーの合流点でもあるこの狭い水路は、大小多数の船が頻繁に行き交います。私の目は久々に、様々な形の船の向こう、遠くに霞む青銅色の像に吸い寄せられます。

歳月を経て再会した自由の女神像です。私は外見も含め、すこし歳をとりました。女神は変わらずにそこに立っていました。マンハッタンと地続きの場ではなく、リバティ・アイランドという小さな島です。

この女神の島や、かつて移民局があったエリス・アイランドへのフェリーボートはバッテリー・パークが発着場となっています。観光客目当てのアイスクリーム屋、Tシャツやペナントをワゴンに盛った土産物屋、ジャグリングを披露する大道芸人、アルトサックスを吹くミュージシャン、空き缶を足下に置く歌い手など、ザッツ・ニューヨークな人々もここに集まります。スリを警戒する警察官も加わり、この公園はいつもにぎやかです。

自由の女神像に挨拶をし、耳では女性のシンガーが歌う『アメージング・グレイス』を捉えながら、しかし私の脳裏には別の光景が浮かんでいました。

海に向かっての風景は、私がこの街で暮らしていた頃と変わりません。でも、振り返って後方を見ると、過ぎた歳月がビルの形の記憶となって迫ってくるのです。かつてそこには、二棟の超高層ビルがそびえていました。

テロによって、ワールド・トレード・センターが炎と煙に包まれたのは、嵐のあとの青い空が印象的だった九月の朝のことです。あの日私は、イースト・リバーを越えたブルックリン地区に引っ越しをする予定でした。ミッド・タウンのアパートで、家財を運ぶトラックを待っていたのです。突然聞こえてきた消防車のサイレン。ビルの屋上で口々に叫びだした人々。

あの日、私が目撃したのは……。

「すいません、お待たせしました！」

崩れていく巨塔がまぶたの裏にフラッシュバックしたとき、ケイタさんにいきなり声をかけられました。私はなぜか息が詰まり、胸に手を当てました。

「いや、今、来たところですから」

走ってきたのか、ケイタさんは額に汗を浮かべ、肩を上下させています。

「一昨日はありがとうございました」

「やあ、こちらこそ。ただ、二人ともちょっと飲み過ぎましたね」

「はい。昨日はひどい二日酔いで」

私たちは、そばでジャグリングをしているパフォーマーの大道芸を見ながら、しばらくの間、二日酔いに関するたわいもない話を続けました。ただやはり、ここでひとこと触れておくべきだと思ったのです。

「ところでケイタさんは、同時多発テロを知っていますか？」

「ああ……映像で見たことがありますけれど、二〇〇一年でしたっけ？　僕はまだ三歳だったから、記憶はないです」

「そうですか。この先に、ツインタワーがあったんですよ」

「はい、知っています」

二つの巨塔が並び立っていた空間を、今は高さ五〇〇メートルを超えるワン・ワールド・トレード・センターが占拠しています。ケイタさんは首を上げ、陽光に輝くその尖塔のあたりを仰ぎ見ました。

「あの日は引っ越しをするつもりでね。電話もテレビの回線もすべて切ったあとでした。ところがあんなことが起きて、すべての交通がストップしました。当然トラックはやってこない。公衆電話もパンクしました。でも、なんとかして、日本と連絡を取り合わないといけないと思ったので、パソコンを抱えて引っ越し先のブルックリンまで歩いて行こうとしたんです。ツインタワーが倒壊して、たくさんの人がわーっと逃げてきましてね。その波に逆行して、ボワリー・ストリートまで近づいていきました。今でも、あのときのニューヨークの光景は鮮明に思い出せます」

粉塵をかぶって泣いていた女性。アベニューで立ち尽くしていた消防隊員。マンハッタンの空を真っ黒に覆った大火災の煙。私は覚えているシーンのひとつひとつをケイタさんに語りました。

「ワールド・トレード・センターの設計者は日系米国人でした。タワーが二棟とも崩れたのは、日本人が安易な設計したからだって、わるく言う人たちもいましたね」

「そんな……ひどい。日本人だからって、なんか、先入観っていうか、偏見というべきか、そういう特有の見方をする人たち、けっこういますよね」

私は、自由の女神のリバティー・アイランドの右側に見えているエリス・アイランドを指さしました。

「母国をあとにしてこの大陸にやって来た人たちは、米国市民になるために、あの島の移民局で過去を捨て去ったはずなんです。それでもやはり、人は出自が気になる。隣人はいったい、どこの国からやってきたのか？　そして、いたってまともな表情でこんなことを言います。イタリア人は女性に対して手が早い。アイルランド人はビールばかり飲んでいる。日本人は……信用がならない」

ケイタさんがキュッと口をすぼめました。

「テロを起こした連中は、アメリカ人全員を敵だと見なしていました。アメリカの多くの人々も、イスラムの国々すべてを警戒するようになりました。変ですよね、地球にはもともと線なんて引いてなかったのに、人間が作った国境や宗教によってどんどん分断されていく。こちら側とあちら側という意識が生まれていく。その結果、いつの時代も争っている。あの国の連中はこうだと言い張って」

「それはそうですが……」

私とは目を合わせず、ケイタさんがぼそっとつぶやきました。

「哀しいかな、それが人間というものではないでしょうか」

「うん。そうかもしれません。だけど、あのテロから数日後のこと、私は忘れ得ない光景を目撃しました」

「なんですか?」

「戦争が始まる。アフガンを空爆しろと世論が燃え上がったときです。そうした意見とは真反対の主張をする人たちがマンハッタンの目抜き通りに集まり始めました。プラカードを持って、武器で報復をするなと訴え始めたんです。暴力に暴力で返せば、地球が火に包まれると」

「そんな人たちがいたんですか?」

「意外にも、大きな勢力になりましたよ。マンハッタンに二軒あったアフガン・レストランも投石ひとつされなかった。結局、米国はアフガンを空爆し、イラク戦争へも突き進んでしまいましたが、その流れを食い止めようとした人たちがいたのも事実なんです。それもまた、人間というものじゃないですか」

「まあ、アメリカらしい話ですね」

私はうなずきました。

「そこで思うことがあるんですが。君があの日本酒バーで口にしたアイデンティティー・クライシスという言葉。あのアイデンティティーとは、どういう意味ですか?」

「え? それは……」

近くでアフリカ系の男性がトランペットを吹き始めました。古いジャズのナンバーを演奏しだしたようです。海風が吹くこの公園にはお似合いの曲でした。

「えーと、アイデンティティーというのは、つまり、自分が自分であるためのなにか、ですよ。たとえば、日本人であることとか」

私は返事をせず、しばし黙りました。トランペットの音だけが私たちを包みます。

「そうですね。ケイタさんの国籍は日本で、母語も日本語だから、確かに日本人です。でも、それはアイデンティティーではないと思います。あなたを説明するのに有用な、ひとつの属性でしかない」

「属性？」

「英語でいえば、プロパティーです。国籍や性別、勤めている会社の名、肩書き。いわば、情報の類です」

「はあ」

「私は、アイデンティティーという言葉がまだこの時代にも生き残っているなら、それはきっと、別の意味ではないかと思っているのです。ケイタさんがなにを感じ、なにを生み出し、どう生きていくのかということ。あなたの未来を指す羅針盤のことです」

「そんなの……初耳です」

　ケイタさんは片眉をぐっと上げ、なにか言いたげな顔をしました。

「あの惨劇のあとでも真反対の主張があったように、米国市民をひとことで表すなんてできません。日本人だって同じではないですか？　どこの国の人間はこうだ、といい切ること自体が乱暴なのだと思いますよ。ケイタさんは日本でいじめられた経験があるから、そして今も日本人のバイト仲間とうまくいっていないから、ある種の枠にはめて日本人を見ようとしている。それはわからないわけじゃありません。いじめられた記憶はずっと残りますから。しかもあなた自身がその日本人で、居場所が見つからなくて困っている」

　すこし遅れて、「はい、たぶん」とケイタさんは答えました。

私はバッグから紙袋を取りだし、ケイタさんのひざの上にそれを置きました。

「麦わら料理です」

すこし遠慮がちな仕草で、ケイタさんが紙袋を開けました。

「わ、なんだろう？」

「あれ、クッキーかな？」

当たりです。今回のニューヨーク滞在は、キッチンのついた部屋を借りました。生地を練るところから始め、オーブンを使ってこれを焼き上げたのです。でも、ただのクッキーではありません。直径三センチほどの薄紅色をしたこのクッキーは、一枚ずつ小さなポリエチレンの袋に包まれ、メッセージカードが添えられているのです。

「これ、チャイニーズ・レストランで食後に出てくるフォーチュン・クッキーですよね」

「まあ、そういうものです」

ケイタさんは一応、顔をほころばせましたが、チャイナタウンに行けば手に入るものをなぜ？　という思いが生じたのでしょう。がっかりしたような表情を一瞬見せました。しかし、手にしたクッキーを口に入れ、二度、三度と噛んでいるうち、その顔がパッと明るくなったのです。

「なんですか、これ？　むちゃくちゃうまいですよ。こんなクッキー、食べたことがないです。

これ、なんのクッキーですか？」

「テリヤキトマトクッキー、とでも名づけますか」

「テリヤキトマト？　たしかに、トマトの香りがします。なんか、旨味が口のなかで広がっていく感じがたまらないです」

「私にもかつて、コロンビア人のガールフレンドがいたんですよ」

「え、いたんですか？」

「そう。それで、最後のデートのときに、メキシカン・レストランでイタリアの調理用トマトのテリヤキを二人で食べました。日本の醤油を使ったテリヤキです」

「なんか、複雑な話ですね」

「うん。でも、それがニューヨーク、いや、ひとつの表現の生まれ方なのだと思います。それぞれの国の食材や文化が手を取り合って、新しいものが誕生する。このクッキーは私のアイデアですけどね。テリヤキトマトをオーブンでからからになるまでローストし、ミキサーで粉砕して生地に練りこみました。白ワインが合いそうな味でしょう？」

「クセになりそうですよ」

笑いだしたケイタさんは、添えられていたメッセージカードを開いてさらに声を弾ませました。

「わー、この言葉、嬉しいです」

「どれどれ？」

そこには英語と日本語でこう書かれていました。

Only you can do that.
それができるのは、あなただけです。

ケイタさんはカードをしげしげと眺め、「麦わらさんが書いてくれたのですか」と聞いてきました。

「そうですよ」

「なにをしたらいいのかわからないのに、できるって言われると、なんだかそんな気分にもなってきます。フォーチュン・クッキーって偉大ですね。言葉ひとつで人をこんなふうに励まして。やっぱり、こういうものを発明する中国人ってすごいな」

私はそこで苦笑し、首を横に振りました。

「ケイタさん、フォーチュン・クッキーを発明したのは日本人です。十九世紀の終わり、サンフランシスコの国際見本市で、日本庭園を管理していた日系移民の庭師がお客さんに振る舞ったものです。フォーチュン・クッキーのもとは、江戸時代からある日本の煎餅なんですよ」

「えーっ、そうなんですか？」

「辻占煎餅といって、おみくじのようなものを挟みこんでいたんです。中国系米国人によってその日本庭園が買われ、北米全体にこのアイデアが広がったのは、第二次大戦後のことです」

ちっとも知らなかった、とケイタさんは口を半開きにして私の顔を見ました。

「どうしても、どこの国の人はこうだ、という先入観を私たちは持ちがちです。でも、人間の普遍的な感情に訴えるものは、国境も民族も超えて広がっていきます。その出どころの文化の香りを少々残したままね。それでいいんじゃないですか？　ケイタさん」

「はあ。えーと、どういうことですか？」

カードを手にしたままのケイタさんに私はもうひとつ、口頭で新たなメッセージを伝えました。

「いじめられた日々も含めて、あなたが経験してきた哀しみは無駄にならないと思いますよ。日本に帰ってもよし、米国に残るのもよし。たとえばこうしたカードのメッセージを考えて、つらい心境の人を励ます仕事ができるかもしれない。アイデンティティーは、おそらくそういうことを意味するのだと思います」

トランペッターが、ルイ・アームストロングの『この素晴らしき世界』を吹き始めました。

私は黙りこんでしまったケイタさんから目をそらし、海の方を見ました。

カモメたちが飛び交います。船が行き来しています。その向こうに、まるで海の上に立っているような自由の女神像がありました。

私はそこでふと、思いました。

テリヤキトマトクッキーに励ましのメッセージカード。これはニューヨークで本物の商売になるかもしれない。この青年がやらないなら、私自身が挑んでみるべきではないか。だとすれば、手の内を全部明かしてしまったことは失敗だったかもしれない。

私だってたまには、こういう人間くさい感情を抱くのです。しかし次の瞬間に起きたことで、私はこの心の動きを反省しました。

遠くに見えていた自由の女神が、一瞬こちらを向きました。そして、実に久しぶりに、私の耳だけに届く小さな声でこうつぶやいたのです。

「Give it all!（全てを与えなさい）」

はい、と私は胸のなかで返事をしました。気持ちに区切りをつけるために、今夜、ワシントン・スクエアあたりで、全てを脱ぐかなと思いました。

第九話

岩手 イーハトーブ

お客様からいただいたメールの一人称は、「僕」でした。ですから、東京駅のコンコースで待ち合わせをしたとき、私は三十才前後のいかつい男性ばかりを目で追っていたのです。「髪型はソフトモヒカン。ブラックジーンズにハーフブーツで行きます」とメールに書いてあったからです。

しかし、麦わら帽子をかぶった私に声をかけてきたのは、思い描いていたイメージの人ではありませんでした。

「あの、麦わらさんですか？」

「え？　ひょっとしてミルさんですか？」

「はい、僕です」

たしかにその人はロック青年風のソフトモヒカンでしたが、長くすっと伸びた首が男性のそれのようには見えませんでした。夕暮れどきの天頂を思わせるすこし暗めのブルーのシャツは、すぼまった肩にも、華奢な身体にも大き過ぎるように見えました。

表情にこそ出しませんでしたが、私は少々慌てました。それに、ミルさんの声は男性の声域よりも一オクターブほど高かったのです。

これは弱ったことになったと思いました。私が男女二つの性しか認めていないということではありません。ミルさんが男性ではない場合、計画のメーンの段取りを変えなければいけないからです。とはいえ、面と向かって相手の性を尋ねる失礼は許されません。ミルさんが自分のことを「僕」と呼ぶ以上、私も彼を「僕である人」として受け入れ、向かい合うしかないのです。

ただ、心にさざなみが起きたのは私の方だけではないようでした。声をかけてもらった際、ミルさんの表情はずいぶんとこわばっていたのです。向こうは向こうで、こんな白髪混じりのおっさんと旅をするのかとがっかりしたに違いありません。まったく、私は声を大にして言いたいです。

みなさん、メールひとつで出会いの約束までするのは危険ですよ！　と言いつつ、私はそれをレギュラーでやっているわけですが。

私たちは東北新幹線に乗り、シートに並んで座りました。互いに相手を謎の人物だと思っているせいか、会話は弾みません。ミルさんはスマホを出して、なにやら文字を打ち続けていました。たまに車窓の風景に目をやっても、すぐスマホに戻ってしまうのです。私は持っていた文庫本を開きましたが、やはりミルさんのことが気になり、なかなかページが進みません。それは、今夜どうするのかという問題を抱えているからでした。ミルさんがご自分をどのような性の在り方で捉えているのか。それによって最善の方法を考えなければいけないと思ったのです。

スマホをしまったミルさんから言葉が出始めたのは郡山を過ぎたあたりでした。

「あの山、堂々としていていいですね。全然いばっていない感じで、僕好きです」

意識的なのか、ミルさんの声はすこし低くなっていました。窓際に座ったミルさんは、東北新幹線に乗るたびに私も仰ぎ見る大きな山に顔を向けています。

「安達太良山ですね。ほら、『智恵子抄』に出てくる」

「ちえこ、ＳＨＯＷ？」

「ほんとうのそら、ですよ」

ピンと来なかったのか、ミルさんは曖昧な表情で首を傾げました。

「あれ、ご存知ないですか？　高村光太郎の詩集で……」

「いえ、ちょっと、読んだことないです」

私はそこで『智恵子抄』の説明をするべきかどうか迷いました。詩を読むとは、常に個人の魂の体験です。他人から概略を説明されても、なにひとつわかるわけではないと思ったのです。

それで、こう聞きました。

「詩はあまり読みませんか？」

「そうですね。よくわからないものが多いという気がして」

「本もあまり？」

「まあ、読んだり読まなかったり、かな」

これはまずいぞと思いました。これから二人で旅をするのは、ある詩人のゆかりの地なのです。その人は国民的童話作家でもありましたから、ミルさんも彼の作品のいくつかは読んだことがあるだろうと高をくくっていたのです。ところがミルさんの読書量がすくなく、その作家のことも知らないとなると、麦わら料理も含め計画が根底から崩れます。

そもそも私が今回のお悩み相談を引き受けたのは、「作家になりたいけれど大きな壁がある」というミルさんに親近感を覚え、なおかつそのメールのなかに、私がかつて抱えたのと同じ悩みが書かれていたからです。


僕は、なにごとも完成させることができません。子どもの頃からずっとそうでした。絵も作文も終わらせることができないのです。それは、ゴールまで届かないということではなく、ゴールそのものが見えなくなるからです。絵を描く人は、いつなにをもって完成したと思うのでしょう。小説を書く人は、どんな結末をこしらえたことで仕上がったと思うのでしょう。僕にはそれがわからないので、いつまでも作品を手放せないのです。しかも、終わらせようと文字を並べていくうちに、どんどんリアリティーがなくなっていきます。考えれば考えるほど、こんなものを書きたかったので

はないと投げ出したくなるのです。せっかく入った大学もレポートひとつ提出できず、中退してしまいました。それでも、僕はなにか物語を書くことで生きていきたいと思っています。そういう人生になるだろうという予感があるのです。教えて下さい。リアリティーを感じ、作品を納得して仕上げる技術とはいったいどんなものですか？それがわかれば、人生の方もすこしだけ前に進めるような気がします。なんといっても、なにもかも完成できずに僕はここまで来てしまったのですから。 ミル

いつなにをもって完成とするのか。

まさにこれが、かつての私がはまりこんだ迷路でありました。私は少々の本を世に問うたことがあります。数えるほどしか刊行できなかったのは、超遅筆だったからです。もともと毎日決まった量の原稿を書くことが苦手だった上に、終盤に差しかかるほど「終わらせることの本質」が見えなくなるパラドクスに苛まれていたのです。でも、その後書かずに読みまくった数年間があるおかげで、今はこの問題について自分なりの答えを得ているような気もし、作家として再び歩きだしているのです。ミルさんの力になってあげたいと考えたのは以上の理由からですが、今回の旅の目的地が近づくにつれ、私の頭はどこにゴールを設定したらいいのかわからない状態になってしまいました。

私たちは東北新幹線を新花巻駅で降り、駅弁を買ってからＪＲ釜石線のプラットホームへと移動しました。十六時六分の釜石行きに乗る予定です。

「ここ、無人駅なんですね」

「新幹線が停まる新花巻駅はさすがに大きいですが、これから乗るのはローカル線ですからね。釜石線の有人駅は、花巻、遠野、釜石の三つだけです。あとは全部無人駅かな」

初秋の爽やかな風が森を伝わって流れてきます。草の香りが胸の奥深くまで入ります。プラットホームの人々の顔を覗くかのように、トンボたちがすぐそばでホバリングしています。

「あ、駅名、面白い。新花巻の下に、ステラーロ、星座って書いてある」

ミルさんがホームの駅名標を指さし、子どものような喜び方をしました。オクターブ高い声に戻っています。さあ、とうとうこの地が生んだ国民的作家の名前を出すときが来ました。ミルさんがどんな反応を示すのか、いささかの不安を覚えながら私は言いました。

「宮沢賢治が、岩手県のことをイーハトーブと呼んでいたことをご存知ですか？」

「はい。イーハトーブですよね。今僕たちがいるところが」

「あ、よかった。知っていらっしゃったんですね。賢治さんにはエスペラント語を学んだ時期があったんですよ」

「エスペラント語って？」

「世界の共通語を目指した人工言語です。賢治さんは、心に浮かんだ詩の世界と実際の地名を重ね合わせ、そこにエスペラント語で新たな呼称を加えていったんです。盛岡はモーリオ、花巻はハーナヌキヤといった具合に。この釜石線の各駅のエスペラント語の呼称は、平成時代に入ってから考えられたものだそうですけれど」

へー、とうなずきながら、ミルさんが初めて私に微笑みをくれました。目に宿った柔らかな光が揺れています。それはミルさんの内側からの、感情の次元を超えたなんらかのアピールのようにも感じられました。

「ところで、宮沢賢治の作品はなにか読まれたことがありますか？」

「ええーと、そうですね。中学校のときに『なめとこ山の熊』を読んだかな。教科書にのっていて。あとは、『銀河鉄道の夜』とか」

あ、出た。それを待っていました！

「読まれているんですね。よかったです」

「いや、読んだというか……僕がまだ小さかった頃、親に連れられてアニメ映画を観に行った記憶があります。なんだか、難しい物語だったような……」

ぬか喜びでした。私はちょっと立ちくらんだような気分になりました。ミルさんは『銀河鉄道の夜』の物語をあまり覚えておらず、宮沢賢治の文章そのものにもほとんど触れたことがないようです。これからどうするべきかを考え、私は言葉に詰まりました。

「でも、国語の先生が話してくれたことは覚えていますよ」

急にできた間を埋めるかのように、ミルさんが言葉を発しました。

「宮沢賢治はすごく孤独な人だったたって。何万人もの読者を想定して書き続けたのに、読むのはいつも自分一人だったたって。だから賢治の作品は切なさがつきまとうって、先生が言っていました。その切なさがいつも新しいって。僕、それだけは覚えています」

「そうですか。その先生、いいなあ」

私の本音でした。ミルさんの記憶のなかの先生に、感謝の念がこみ上げてきました。ミルさんと宮沢賢治との途方もない距離に、ほんのかすかな、蜘蛛の糸ほどの橋が渡ったような気がしたからです。

やがて、花巻方面から二輌編成の列車が入ってきました。釜石行きの各駅停車です。私とミルさんがボックスシートに座ると、通路を一匹の獣が走り抜けて行きました。ミルさんは気づいていないようでしたが、私は始まったなと思いました。あれは『どんぐりと山猫』の山猫に違いないのです。

釜石線の列車はイーハトーブの野を進んで行きます。「ステラーロ＝星座（新花巻）駅」の次は、「ルーナ・ノット＝月夜（小山田）駅」です。

車窓から見える黄金色の田や、それ自体が発光しているような森に、ミルさんは歓声をあげます。でもミルさんには、銀河鉄道からジョバンニとカムパネルラが見かけた線路ぎわの花、『月長石ででも刻まれたような、すばらしい紫のりんだう（原文ママ）』は目に入っていないようでした。

続いての「ブリーラ・リヴェーロ＝光る川（土沢）駅」では、車両の扉が開いた瞬間に、かげろうと青いギリシャ文字が群れとなって飛びこんできました。パステルナークが指揮する星々の交響曲も聞こえてきます。

そして私たちは、次の「ガラクシーア・カーヨ＝銀河のプラットホーム（宮守）駅」に降り立ちました。「ここが目的地ですか？」と問うミルさんに、私は「もうすぐです」と答えました。ただ、ここは無人駅を出ると、山の間を縫う宮守川と田畑、まばらな人家以外はなにもない場所です。ミルさんの顔は出会ったときのようにすこしこわばりました。

私たちはしばらく無言で川沿いの道を歩きました。小鳥たちのさえずりと、ミルさんのブーツの足音しか聞こえません。

「あの、僕、ちょっとお話ししておきたいことがあるんですけど」

ミルさんがそう話しかけてきたのは、今回の旅の本当の目的地がいよいよ迫ってきてからでした。

「もうお気づきかも知れませんが、僕、生まれつきの性は、女なんですよ」

「はい」

「でも、体が女で心が男というトランスジェンダーではなくて……なんというか、どちらでもないんです。男でも、女でもない」

「はい？」

「一応、僕って言っているのは、その方が面倒くさくないからです。興味本位で声をかけてくる人がいるから。そういうの、いやで」

私はうなずきつつ、目下考えあぐねていることを正直に伝えました。

「本当は今夜一晩かけて、物語の終わらせ方について川原で語ろうと思っていたんです。でも、ミルさんがもともと女性であるなら、それはきついでしょう。だから、そこで駅弁を食べたら、また釜石線に乗って花巻に戻った方がいいかなと思うのですが」

「駅弁が、麦わら料理なんですか？」

いいえ、と私は首を横に振りました。

「だったら、僕は麦わらさんと一晩川原で過ごします。生まれが女だってことで気をつかってくれるなら、心配ご無用です」

ミルさんは一度ぎゅっと口をつぐみ、その反動を利用するかのように勢いのある笑みを返してきました。私はすこし迷いましたが、森の陰からようやく姿を現した鉄道橋を指さしました。

「宮守川橋梁、通称めがね橋と言います。宮沢賢治が『銀河鉄道の夜』を書くヒントにしたのではないかと言われている橋です。私たちは今夜、この橋と星空を眺めながら、創造とそのゴールについて語り合います」

川をまたいで森から森へと渡る、見事な五連のアーチ橋がそそり立っています。ミルさんは橋の高さにつられるように爪先立ちになり、「うわーっ」と男でもない女でもない声をあげました。私はそのミルさんを見ながら、今夜は賢治さんのフルコースになる、と思いました。


さて、すこし驚いたことがあります。思い出の場所の雰囲気が変わっていたのです。

私がまだ若く、この地を幾度か訪れた頃は、橋を仰ごうとすれば田んぼのあぜ道に入っていくか、石だらけの川原に降りるほかなかったのです。

私には創作の悩みから、賢治さんを必要とした季節がありました。彼が生まれ育った場所の空気を吸ってみたい、闇夜に向けて走っていく銀河鉄道の列車を見てみたいと強く思った日々があったのです。

それが三十年以上も前のこと。ただ、私のなかでは、すべてがついこの間のことのように思い出されるのです。ですから、川原の横に宮守川橋梁を眺められる芝生の公園ができていて、

『恋人たちの聖地』と刻まれた透明なアクリルボードが立っているなんて思いもよらなかった
のです。そのオブジェには、ハートのマークまでついています。
　カップルにもここに来てもらいたいという思いがあり、作られたものなのでしょう。ボード
の横には、二人がけの木のベンチまで置かれています。
「一九九六年が賢治さんの生誕百年でした。その頃は、たくさんのメディアが賢治さんの特集
を組んだものです。観光客もたくさんやってきました。それで、こんなふうにおしゃれな場所
になってしまったんですかね」
「おしゃれ、かな?」
　ミルさんが、片眉をピクッと動かして私の顔を見ました。
「本当の恋人たちなら、どこを歩いていたって聖地になると思うな」
　たしかにそうだと思いました。本当に求め合う二人が互いの手を取るなら、浜辺の朽ちた番
小屋だって、コンビナートのタンクの階段だって聖地になるのです。
　私たちは芝生の公園から外れ、川原の堤防に腰かけました。まずは駅弁を食べて腹ごしらえ
です。新花巻の駅で入手したのは「ＳＬ銀河弁当」というタイトルです。弁当の包み紙には、
桔梗色の夜空を進む機関車が描かれています。
「うわっ、美味しそう」

銀河鉄道ゆかりの地でこのお弁当じゃベタすぎませんか、なんて言われるかと思ったのですが、ミルさんは嬉々として箸を使います。お弁当の中身は贅沢でした。昆布を混ぜて炊いたご飯（めのこ飯）に焼き雲丹がのっています。おかずは鮭の切り身、帆立と牡蠣の醤油煮、大きな金婚漬も添えられています。これはイーハトーブ独特の漬物で、くり抜いた瓜に人参や昆布を入れて味噌に漬けこんだものです。まったく、お酒がいくらでも進みそうなお弁当でした。

「美味しいけど、でも、なんでこのお弁当が銀河鉄道なんですか？」

ミルさんの質問はもっともでした。銀河鉄道の物語のなかには、お弁当に関する話は出てきません。賢治さんの詩集『春と修羅』の冒頭には雲丹が「海胆」という表記で登場しますので、その序文の一行を借りるなら、『因果交流弁当』とか『あらゆる透明な幽霊の複合体弁当』といったネーミングでもよかったのです。しかし、それでも賢治さんとの距離はずいぶんとありそうでした。

「彼は大人になってからは、ベジタリアンとして過ごしましたから、魚や貝が入っているお弁当に自分の作品が使われるのはよしとしなかったでしょうね」

「へー、そうなんだ」

「銀河鉄道と銘打っておけば、観光客の目を引く。要は、そういうことではないでしょうか。でもこのお弁当、いいですよね」

「うん、僕は好きです。しっかり食べたという感じがするし」

ゴーッと音を立て、釜石方面からの列車が近づいてきました。川面からの宮守川橋梁の高さはおよそ十八メートルです。まさに見上げるという姿勢で、私たちは過ぎていく列車を眺めました。

「あんなに高いところを。たしかに空を飛んでいくみたいだ。それで満天の星空を背景に列車が走ったら、銀河鉄道になるわけなんですね？　なるほど」

ミルさんは夜の列車を想像して、納得がいった様子でした。イーハトーブの旅行ガイドブックなどにも、この橋梁を走る軽便鉄道を見て、宮沢賢治は銀河鉄道のヒントを得た可能性があると書いてあります。私はしかし、素直にはうなずけない気分でした。

賢治さんを慕う人が多いからこそこの地に公園ができ、お弁当が生まれ、駅にはみやげ物なども並ぶのです。しかし、そうやってみんなで盛り上げようとすればするほど、彼が愛したイーハトーブの世界がすこしずつ遠ざかっていくような気がするのです。

お弁当を食べたあと、残念なことに、西から流れてきたねずみ色の雲が空の大半を覆ってしまいました。夕焼けの色が乏しい、ただぼんやりと暗くなっていく空をカラスたちが泳いでいました。

「宮沢賢治に、奥さんはいたんですか？」

私は首を横に振りました。

「独り者で通しました」

「だって、ここ、恋人たちの聖地になっているから」

「初恋はあったようですよ。十八歳の頃に鼻炎の手術で入院して、看護婦さんを好きになったようです。でも、それからあとは恋愛の話はまず出てきませんね。農村の改革運動をやっていた頃、近くに来ようとした若い女性を追い返したほどです。それで、賢治さんの研究家は色々と言います。彼は女性を知らなかったからこそ、詩や童話の純粋性を保てたのだとか、あるいは彼は精神的同性愛者だったとか」

へー、と引っ張ったあと、ミルさんの声が割と強い調子になりました。

「でも、そんなのわからないですよ。すくなくとも、他人が断定できることではない。性の問題はたとえ自分のことでも、理解できる面とそうではない面があって、全体としては海のように深いんですよ。だからあなたはこうだと限定して考えるのが、そもそもおかしいです。ただ、やっぱり……」

ミルさんはそこですこし息を止めました。

「なにかの表現に駆られる人は、もともと世間一般とは重ならないものを内包しているんだと思います。そのはまらない部分から、エネルギーが吹き出してくるんじゃないでしょうか。あまり本を読まずに生きてきたのに、僕が作家になりたいと思ったのも、性のあり方という自分への問いかけを含めて、きっとそこに理由があるような気がするんです」

私は大きくうなずきました。

「銀河鉄道が走りだしたのは、エネルギーが吹き出すその穴からでしょうね。賢治さんも、型にはまらない人生でした」

そうは言ったものの、だれの人生も他人が説明できるものではありません。私は、賢治さんへの失礼を心のなかで詫びながら、彼の生涯を年譜風にしてミルさんに伝えました。

花巻の大きな質店の息子として生まれたこと。父親とは宗教上の、また世界観の激しい対立があったこと。筋金入りの法華経信者となり、経典の解釈から数々の童話を生みだしたこと。家出をして、東京で暮らしたこと。戻ってきたあと、花巻農学校の先生をしていたこと。自費出版の詩集『春と修羅』が初版千部だったこと。最大の理解者、妹トシを肺病で失ったこと。作品はほとんど公表できず、生前に原稿料を得たのは、『雪わたり』の五円だけであるらしいこと。『銀河鉄道の夜』を人前で初めて朗読したのは、一九二四年、童話『注文の多い料理店』の出版記念の宴であったこと。

「え？　本人が朗読したんですか？」

「そのようです。『注文の多い料理店』の装画家が証言しています」

釜石方面へ向けて、橋梁の上を列車が過ぎて行きます。あたりはもう真っ暗です。空が曇ってしまったため、列車の背景に星はありませんが、水平に走る灯りは宮守川の水面に映り、生き物のように揺れて躍りました。ミルさんは去っていく列車を目で追いながら、「聴いてみたかったな、ご本人の声で」とぽつりとつぶやきました。

「ごめんなさいね。今夜は賢治さんの一ファンが朗読します」

デイパックのなかから、私はカンテラと、一冊の古い童話集を取り出しました。青白い灯りがつき、堤防の周りの草むらが日暮れ前の深緑とは別の色で立ち上がりました。

「では、『銀河鉄道の夜』を読みますね」

ミルさんと私以外はだれもいない宮守川の岸辺です。草むら全体が歌うかのように、無数の虫の音が聞こえてきます。

橄欖《かんらん》の森の描写から始まる物語を、私はゆっくりと声に出して読み始めました。主人公のジョバンニと友だちのカムパネルラはすでに銀河鉄道の列車に乗りこんでいます。そこには黒服の青年に連れられた子どもたちのグループがいて、カムパネルラが彼らばかりを相手にするので、ジョバンニは寂しい思いでいっぱいです。

銀河鉄道は、天の川の岸辺を走ります。透明な水からイルカがジャンプします。クジラだって見たことがあるとカムパネルラが語ります。天の川が二つに分かれているところにはやぐらが立っており、何万という渡り鳥を指揮する男がいます。これらの圧倒的な光景を目にしながら、ジョバンニはカムパネルラと心をひとつにできず孤独に沈みます。

天の世界の地平線まで続くトウモロコシ畑。聞こえてくる新世界交響楽。弓を射るインディアン。空の工兵大隊が仕かけた発破で、水しぶきとともに落ちてくる天の川の魚たち。「みんなの幸せのために私のからだをお使いください」と燃える蝎《さそり》の火。

やがて、銀河鉄道の列車はサザンクロスの十字架に近づきます。船の事故で命を落としたらしい青年と子どもたちはここで降りなければいけません。聞こえてくるハレルヤの合唱。「ほんとうの幸いとはいったいなんだろう?」とカムパネルラに語りかけるジョバンニ。しかしもうカムパネルラは目の前にいないのです。列車のなかで一人ぼっちになってしまったジョバンニは、「ほんとうの幸福」を探す決心をします。そこに、夢の鉄道のなかだけではなく、本当の世界を歩いていくたったひとつの切符をなくしてはいけないと、セロのような声が聞こえてきます。

ジョバンニが夜の野原で目を覚ますと、すべてはなにかの実験だったのでしょうか、ブルカニロ博士が近づいてきて、「夢のなかで決心したとおりまっすぐ進んでいくがいい」と助言します。そしてジョバンニは博士から、二枚の金貨をもらうのです。

ここまでを私が語り終えると、ミルさんは暗闇のなかで、「え?」と首を傾げました。

「僕がうっすら覚えている銀河鉄道とは雰囲気がずいぶん違います。天の川をジャンプするイルカなんて出てきたかな？　それから最後も違う。ブルカニロ博士？　そんな人、いたかな？」

「そうですよね。普及している『銀河鉄道の夜』しか知らないと、すごく違和感がある終わり方になっていると思います。実は今読んだのは、『銀河鉄道の夜』の第一稿なんです。つまり、賢治さんが朗読したものと、私たちが知っている物語は違うものなんです」

「それは、銀河鉄道が二つあるということですか？」

「さあ、全部でいくつあると思いますか？」

暗い森の陰からゴーッと音が聞こえてきました。宮守川橋梁に列車が現れました。釜石に向かって走っていきます。橋の上と川面の双方を、連なった灯りが抜けていきます。その明滅のなかに、口をわずかに開いたミルさんの顔がありました。

「銀河鉄道、そんなにいくつもあるんですか？」

私はその問いには答えず、腕時計を見ました。午後九時半を過ぎています。

「ミルさん、今過ぎていったのが釜石線の終電です。明日の朝まで列車は走りません。せっかくですから、星空を背景に駆けていく列車を見せたかったのですが」

どんよりと曇った空をミルさんが見上げました。

「では、『銀河鉄道の夜』第二稿を読みます」

ゆったりとした口調を心がけ、私は童話集の文字を目で追いました。

第二稿も第一稿と同じで、現存する原稿は冒頭の数枚が欠けているようです。物語は、銀河鉄道の車内でジョバンニとカムパネルラが車掌に切符を調べられるところから始まります。ジョバンニのポケットから出てきたのは折られた緑色の紙でした。それを確認した車掌は、ジョバンニに黄色の紙を渡します。ここで横から現れるのが鳥捕りです。「ほんとうの天上にさえ行ける切符だ」と彼は言い、「こんな不完全な幻想第四次の銀河鉄道なんか、どこまででも行ける筈でさあ」と二人を励ますのです。

ジョバンニは鳥捕りがなぜか気の毒でなりません。しかし、鳥捕りのためならなんでもしてあげたいとジョバンニが思ったとき列車の様相は変わります。鳥捕りの姿は消え、りんごの匂いがあたりに漂い、気づけば黒服の青年と子どもたちがいるのです。船の事故で亡くなった人たちです。

第一稿と違うのは、氷山にぶつかって客船が沈んでいくシーンを青年が詳しく語ることです。ジョバンニはその話を聞いて涙を浮かべます。父母のことを考え、家に帰らなければと思います。そのとき、「いつでもその切符で帰れるから」というセロのような声が聞こえてきます。

あとは色々と細かな物語の違いはありますが、大筋としては第一稿とほぼ同じで、夜の野原で意識が戻ったジョバンニに再びブルカニロ博士が近づいてきます。そして、緑色の紙で包んだ金貨二枚をジョバンニに渡すのです。それは夢のなかで見たあやしい天の切符と同じものでした。

「細かなところが色々と変わっていますね。船が沈んでいくところ、僕も泣きそうになりました」

僕も、とミルさんが言ったのは、ジョバンニといっしょに、という意味でしょうか。

「沈んだ船は、タイタニックですか？」

「きっとそうですね。タイタニックの事故は一九一二年です。銀河鉄道はすくなくともその十年以上あとに書かれていますから」

ミルさんが言葉なくうなずきました。

もう夜中でした。私はミルさんに「どうしますか、続けますか？」と尋ねました。

「こうなったら、続けてもらうしかないですよね。明日の朝まで列車は走らないんだし。僕はもう覚悟を決めていますから、麦わらさんが思った通りにやってください」

「はい。それでは、『銀河鉄道の夜』第三稿を読みます」

私はあらためて息を整え、童話集のページと向かい合いました。

第三稿は、ジョバンニの生活の場から始まっています。町はケンタウルの祭りでにぎわっているのですが、遠方で働いている父が戻らず、病気の母の世話もあり、ジョバンニは苦労しています。母のため、配達されなかった牛乳をもらい受けに行く途中、ジョバンニはクラスメートたちと出会います。そこで、いじめっ子のザネリがジョバンニの父を侮蔑してからかいます。友だちのカムパネルラもそこにいたのに、なにも言ってくれません。

ジョバンニは、遠くへ行ってしまいたいと思い、町を離れ、夜の丘を登っていきます。すると、野原から汽車の音が聞こえてくるのです。

ここから何枚かは原稿が欠けているようですが、ジョバンニが気づくと、彼は「夜の軽便鉄道」のなかにいます。天の川を行く列車から見える宇宙の風景は、億万の蛍烏賊の火を化石にして空じゅうに沈めた具合、透きとおった見えない水が流れ、一面の銀色の空のすすきが揺れているといったように、イマジネーションの果てに迫る美しい描写が続きます。乗客のなかにはカムパネルラがいて、二人はともに天の旅をするわけですが、第二稿よりもさらに物語は細かい動きを見せます。カムパネルラの服は濡れていて、どこか苦しげな様子。「おっかさんは、ぼくをゆるしてくださるだろうか」というセリフが、列車に乗る前のカムパネルラになにかが起きたことを暗示します。

白鳥の停車場で下車して、二人は化石の発掘現場を訪れます。そこの砂はみんな水晶で、なかで小さな火が燃えているのです。車内に戻ると、赤ひげの鳥捕りが話しかけてきます。彼が捕まえた鳥たちはお菓子になり、チョコレートのような甘い味になるのです。

あとは第二稿と同じような話の流れになりますが、鮮やかで豊かな描写がどんどん増えていきます。セロのような声も頻繁に聞こえてくるようになり、それはブルカニロ博士なのか、本当の天の声なのか、区別がつかなくなっていきます。

夢から覚める前、ジョバンニは実に長くセロのような声と語り合います。声は、カムパネルラを探しても無駄だとはっきり言うのです。そして、みんながカムパネルラだ、だれもが去りゆく命なのだと告げます。声はそこからさらに、宇宙や時間や生きることの意味について話します。

目を覚ましたジョバンニのもとにブルカニロ博士がやってくるのはこれまでと同じです。博士は「たいへんいい実験をした」と言い、ジョバンニに銀河鉄道の切符の紙で包んだ金貨二枚を渡します。

この第三稿を読み終えたあとで、私はカンテラの光が届かない草地までが青白く浮き上がっていることに気づきました。もしやと思い空を見上げ、「ミルさん！」と叫んでいました。なんと、私たちの頭上でほんものの天の川が光っていたのです。雲が一掃され、満天の星がきらめいていたのです。私たちはしばらく声もなく、「金剛石をばらまいたような」星々に吸い寄せられていました。

「これがイーハトーブなんですね。僕、こんなすごい星空を初めて見ました」

ミルさんは胸の前で手を合わせ、なにか祈るような仕草をしました。

「これを見られただけでも、僕は来てよかったです。しかも、物語がどんどん壮大になっていくところを聞かせてもらって」

「いえ、私自身、銀河鉄道を第一稿から読むことはすごく勉強になっているんです。あの賢治さんでさえ、何度も推敲を繰り返して作品を育んでいったんだなって」

「凄まじい執念ですよね。パソコンもワープロもない時代に」

「詩集の『春と修羅』も、一度出版したものをさらに書き直しています。ただ、銀河鉄道への想いは、なかでも強かったのでしょう。第一稿を初めて朗読してから九年後、一九三三年に賢治さんは亡くなりますが、その枕元には第四稿があったそうです。すなわちそれが、今普及している『銀河鉄道の夜』です」

「命尽きるまで？　どうしてそんなに？」

「賢治さんの胸のうちはだれにもわかりません。ただ、想像するに、特別な予感があったのではないでしょうか。彼の童話は生前まったく日の目を見ませんでした。読者は彼以外にいません。しかし、この壮大な物語はいつか必ず人々の心に届くときがあると」

きらめく星空を背景に、宮守川橋梁の輪郭がくっきりと浮かび上がっています。

「ミルさん、釜石線の列車はもう走りませんが、私たちにはイマジネーションというものがありますから」

「そうですね。僕も想像上の銀河鉄道をあそこに走らせてみます」

二人でうなずき合ったあと、私は夜空を横切る天の川の下で、『銀河鉄道の夜』第四稿の朗読に入りました。

これはもう、みなさんがご存知のあの物語です。銀河とはなにかと先生から問われ、答えられなかったジョバンニが落ちこんでしまう教室のシーンから始まります。ジョバンニが苦労を背負った少年である設定は変わりません。印刷所でアルバイトをして、わずかばかりの賃金をもらって、病気で伏せている母のもとに帰ります。しかし、配達されるはずの牛乳が届いていない。そこで町に出たジョバンニは、ケンタウルの祭りの飾りつけにうっとりします。でも、いじめっ子のザネリが率いるクラスメートたちと出会ってしまいます。そのグループにカムパネルラが混じっているのは第三稿と同じです。

ザネリからからかわれたジョバンニは町を見下ろす野原に駆けこみます。そして、いつしか夜の軽便鉄道に乗っているのです。ここから先は第三稿でお伝えした通りの銀河の旅です。繊細な天の川の描写。化石の発掘現場を訪れたり、鳥捕りに出会ったり。船が沈んで亡くなった子どもたちや青年との出会い、命をめぐる話。彼らが消えたあと、カムパネルラもいなくなります。

　これまでと違うのはここから先です。野原で目を覚ましたジョバンニの頬は濡れていました。それは夢のなかでのカムパネルラとの別れから来るものであり、ある種の予感からの涙でもありました。

　ブルカニロ博士はもう登場しません。町に降りて牛乳瓶を受け取ったジョバンニは、川に落ちたザネリを救おうとしたカムパネルラが行方不明になったことを知ります。みんなはカムパネルラを探しますが、ジョバンニは彼が銀河のはずれに行ってしまったことを悟ります。茫然として立っているジョバンニの前で、カムパネルラの父親が「もう駄目です。落ちてから四十五分過ぎましたから」ときっぱり言います。しかしそのすぐあとでジョバンニの存在に気づき、彼の父親から便りがあったことを告げるのです。金貨のやり取りはもうありません。ジョバンニは、父親が近いうちに帰ってくると確信して、夜の町を駆けだします。

　これが、私たちがよく知っている『銀河鉄道の夜』です。読み終えると、横でミルさんが拍手をしてくれました。

「僕が思い出したのは、この物語です。カムパネルラがなぜ列車に乗っていたのか、これで理屈がビシッと通りましたよね。この完成形に向けて、宮沢賢治は四回も書き直したんですね」

　はい、と私は返事をしましたが、「完成形ではありませんよ」と言うことも忘れませんでした。

「この第四稿にも、賢治さんは気に入らないところがあったのでしょう。だから、亡くなるまで原稿を離さなかった。賢治さんの頭のなかには第五稿のアイデアがあったのだと思います。たとえば最後に登場するカムパネルラの父親の言葉は、私には理解できません。自分の子どもが川に落ちて見つからない。その絶望的状況で、『あした放課後みなさんとうちへ遊びに来てくださいね』などとのんびりしたことが言えるでしょうか。この部分は明らかに失敗です。賢治さんにしてみれば、もっとも書き直したい部分だったかもしれません。でも、作家本人が息絶えてしまったのですから、それ以上はどうにもならない。残された原稿が本編として普及してしまった。そう考えることもできます」

「しかしそれなら、いつまでたっても作品は未完じゃないですか。終わらないじゃないですか」

「それでいいのです。私もそのことで悩んだ時期がありました。でも、銀河鉄道を何度も読んでいるうちに、見えてきたことがあります。作品を終わらせるなんて、それは作家の傲慢というものです」

ミルさんが目を白黒させているのがわかりました。

「絵描きも作家も、およそ表現者というものは、自分の頭のなかだけで作品を生むわけではありません。この世の見えない力とつながったときに、なにかが開くんです。賢治さんはあの橋梁を行く軽便鉄道を見て、銀河鉄道のヒントを得たと言われていますよね。仮にそうだとしても、本質としての気づきはそこにないと私は思っています」

私は橋梁に向けた指を、ゆっくりと下ろしました。川面を指さしたのです。

「銀河鉄道で描かれたのは列車そのものではなく、生命が輪廻する天、その透明な水の流れです。ご覧なさい。星空を映した水面を。賢治さんが本当にヒントを得たのは、橋ではなくて、夜空のきらめきを抱いて流れる宮守川の水だったのではないかと思うのです。この流れには始まりもなく、終わりもない。まさに生命そのものです。物語というものは、この川の水の、ある瞬間の輝きと深さを伝えるためにあるのです。だから、作家が勝手に終わらせてはいけません。むしろ、終わってはいけないのです」

ミルさんはじっと黙りこみました。深い呼吸で胸が上下しているのがわかりました。

「賢治さんは、こんな言葉を残しています。『農民芸術概論』という書のなかです」

私はそこでお腹に力を入れ、宮沢賢治が綴った一行をミルさんに伝えました。

「永久の未完成、これ完成である」

やがて、東の空がうっすらと白んできました。私はまだまだミルさんに語りたいことがありました。終わらないから作品は生き続ける。だからみんなが読むし、いつの時代になっても評論されるのです、と。

しかし、夜は朝へと転じていきます。それこそ未完のまま放り出す勇気をもって、私は次の作業へと移りました。デイパックから携帯コンロと鍋を出し、堤防の上で料理を作りだしたのです。ミルさんは無言でした。白みだした空を映す宮守川の水面をじっと見ているようでした。ただ、しばらくしてからさすがに気になったのか、「麦わら料理ですか?」と聞いてきました。

「はい。イーハトーブ名物のひっつみです」

「ひっつみ?」

「すいとんのようなものです」

熱くなっただし汁に、刻んだ人参や葱、椎茸、油揚げを入れます。ビニール袋のなかで寝かせておいた薄力粉の団子を指で引きちぎり、鍋に加えていきます。ミルさんも調理を手伝ってくれました。おかげで意外と早く、ひっつみができあがりました。

一晩寝ずに語り明かしたからでしょう。ああ、とため息のような声を漏らし、ひっつみをよそったお椀にミルさんが口をつけます。『銀河鉄道の夜』四編を読んだ私も、温かな汁で咽の疲れを癒しました。

「ああ、美味しい」とミルさんは言ってくれました。ただ、お椀の半分ほどを食べたところで、「なんで、ひっつみが麦わら料理なんですか?」と聞いてきました。

私はこのタイミングを待っていました。明るくなってきた空からは天の川が消えています。星ももう数えるばかり。イーハトーブの東の空に光の花の輪が連なりだしました。

「作品を終わらせない。それは作品を背負い続けるということですから、体力がいるのです。そのためには食べなければいけません。賢治さんはなにを食べていたか、知っていますか？」

「あの、雨ニモ負ケズのなかで……たしか玄米と味噌と野菜を食べていたって」

「そうですね。そうしたものも食べたでしょうが、作家としては、別のもので英気を養っていたようですよ」

私は手にしたお椀を東の方に向けました。生まれたばかりの光を受けて、ひっつみの汁がきらきらと輝いています。ミルさんも私の真似をしました。お椀のなかで、細やかな太陽のかけらが躍っています。

「『注文の多い料理店』の序文で、賢治さんはこう宣言しています。『わたしたちは、氷砂糖をほしいくらいもたないでも、きれいにすきとおった風を食べ、桃いろのうつくしい朝の日光をのむことができます』って。決して終わることがない永遠の力を、賢治さんは味わっていたのでしょう」

ミルさんはなにも言わずに、お椀の汁を飲み干しました。そして、ふわーっとあくびをしながら背伸びをしました。それから、まるで初めて川を見たかのように水面を指さしたのです。

「宮守川も、朝の光を受けて光っていますね」

「はい、そうですね」

遠くからかすかに、釜石線の列車の音が聞こえてきます。もうじき始発列車が橋梁の上を通るのです。

第十話

奈良

ならまち

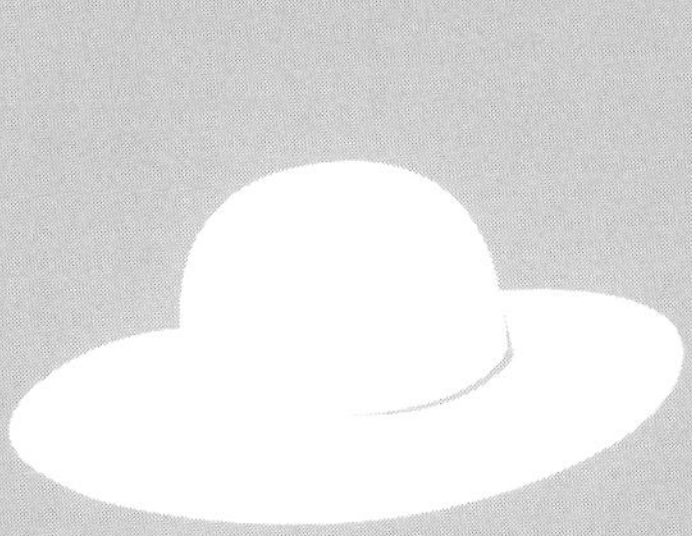

奈良にいます。

名勝、猿沢池のほとりです。

ベンチに座ると、池を隔てて堂々たる木造建造物が目に入ります。世界遺産、興福寺の五重塔です。

秋晴れの午後、わずかに白雲が浮かぶだけの圧倒的な青空です。水面そのものが喜んでいるかのように池がきらめいています。鮮やかな緑の葉を風にそよがせ、周囲の柳も嬉々とした表情を見せています。

ああ、ここで一人のんびりできたら、心身ともにどれだけ解放されるでしょう。だれもいなければ私はすべてを脱ぎ捨て、全身で陽の光を浴びるに違いありません。すっぽんぽんになり、ときどき現れる鹿たちに鹿煎餅をあげてくつろぐのです。

しかし、私が腰かけたベンチにはお相手がいました。悩みを溜めこみ、これから先どう生きていけばいいのかわからないと頭を抱える中年男性、「おはぎさん」です。私もまた、彼とどう接したらよいのかわからなくなり、今日は敗北の可能性があると内心焦りながらベンチに座っていたのです。

おはぎさんと会うことになったのは、こんな手紙をいただいたからです。住所を明かしていないのに、なぜかこの手紙は私に届きました。

麦わらさん、初めまして。ある地方都市で一人暮らす「おはぎ」と申します。

突然ですが、もうぼくはだめです。ずっと温めてきた自分の生き方が無理だとわかったのです。ぼくはなにをやってもだめな人間です。でも、将来、和菓子屋を営むという夢だけは大事に持ち続けてきました。あんこが好きですし、自分で和菓子を作る分にはだれかといがみ合うことがないわけですから、平和な仕事でいいなと思ってきたのです。

しかし、冷静に世の中を見てみると、和菓子業界は風前の灯火です。老舗の倒産もニュースで知りました。そしてなによりもぼく自身、糖尿病をわずらってしまい、甘いものを控えなければいけない身になってしまったのです。健康のために糖分も塩分もカットするのが当たり前になったこの時代、和菓子屋の未来が明るいとは思えません。

今後、ぼくはどのように生きていけばいいのでしょうか。甘いものさえ食べられなくなった今、自分の希望が失われてしまったようでとてもつらいのです。こんなぼくに麦わら料理を作ってもらえないでしょうか。

おはぎ　四十五歳

おはぎさんを奈良にお連れした理由のひとつは、和菓子屋さんがいきいきと商売をしている魅力的な街を知ってもらいたかったからです。すくなくとも、和菓子業界に未来はないという見方をあらためて欲しかったのです。

近鉄奈良駅から「ひがしむき商店街」を抜け、奈良時代からの目抜き通りである「三条通り」に立てば、そこから先が「ならまち」です。経てきた長い歳月と今の時代のモダニズムが溶け合う独特な趣のある街。私はこのならまち界隈で、おはぎさんといっしょに老舗の和菓子屋さんを覗いたり、センスのいい甘味処を訪ねたりしようと思ったのです。

近鉄奈良駅の噴水前に現れたおはぎさんは痩せっぽちで、長い間蔵にこもっていたような陰のある顔をした人でした。青空の下を歩くことに慣れていないのか、黒縁眼鏡を指で押さえながら、「だめだ」と何度もつぶやきます。

口癖なのでしょう。まるでそれを言わないと窒息してしまうかのように、「だめだ」を繰り返すのです。「なにがだめなんですか?」と聞いても、おはぎさんは「とにかく、だめなんです」とうつむいてしまいます。

商店街をともに歩きながら、「だめだというのは、和菓子への夢を失ってしまったということですか」とあらためて聞いてみました。おはぎさんはずり下がる黒縁眼鏡を指で持ち上げ、小さなあんこ玉のような目で私を見ました。

「お伝えした通りです。和菓子の夢だけじゃありません。ずっと、ぼくはだめなんです」

「だから、なにがだめなんですか？」

「たとえば、運動神経です。子どもの頃から走るのも、踊るのも、全部だめなんです」

ああ、その種の「だめ」はあるかもしれないと思いました。運動会や体育の授業でかいた恥は、意外にも深い傷となって残ります。大人になってもつい引きずってしまうものです。

「走るのも、というのはわかりますが、踊るのもだめって、なにかダンスでもやっていらしたんですか？」

「それは、盆踊りに決まってるじゃないですか」

盆踊り？

「みんなと同じように手足を動かしているつもりでも、ワンテンポ遅れるというか、なんか違うことをやっているようで、ぼく、いつも笑われていたんですよ。今でも盆踊りの音が聞こえてくると、冷や汗が出ます」

「それなら、踊らなければいいだけのことですよね」

おはぎさんの口が斜めに開きました。

「え？」

「盆踊り、参加しなければいいだけのことですよね」

「そうですかね。人間はふいに踊りたくなる生きものではないですか」

なんだろう、この人？　最初の印象とちょっと違うぞ。けっこう手強いかも、と私が警戒しだしたのはこのあたりからでした。

「自分のなかにリズムというか、音楽が生まれる瞬間があって、そんなとき、手足が勝手に動きますよね。ぼく、やっぱり踊るのが好きだったんだって再発見」

商店街のど真ん中だというのに、おはぎさんはいきなり大股で二、三歩前へ進み出ると、片足立ちになって両手を広げました。そして掌をぱたぱたと動かしたのです。壊れかけの案山子が風にあおられているような姿でした。買い物かごをさげたおばちゃんが、あんた、通行の迷惑やで、という顔で一瞥していきました。

「今のは？」

「ジョン・トラボルタの真似です」

「トラボルタ？」

「はい。古いダンス映画『サタデー・ナイト・フィーバー』で、トラボルタが好物の草もちを食べたときの踊りです」

えへ、と初めておはぎさんが笑いました。私もいっしょに笑ってあげようと思ったのですが、かえって顔がこわばりました。

「あの映画にそんなシーンが？　そもそも、トラボルタは草もちを食べるんですか？」

「さあ、どうですかね」

　この人、大丈夫かな？

　私のなかで、おはぎさんへの違和感が無視できないほどに大きくなりました。

「ぼく、一度は芸能界に入ろうと思ったことがあるんですよ。でも、やっぱり踊りの才能がないし、歌もだめなので諦めました。音楽の授業でもずっと笑われていましたから」

　おはぎさんは再び大股で飛び出し、私の前に立ちました。そして、蒸した白玉粉を木べらで引き伸ばすときのような音で、歌のような、語りのような声を発したのです。何語なのか判然としませんでした。二日酔いのお坊さんが挙げるお経のようにも聞こえました。

「今のは？」

「ちょっと難しかったかもしれませんが、今のも……トラボルタなんです。古いミュージカル映画『グリース』で、彼が初めて今川焼きを頬張ったときの歌です」

「そんなシーンありましたかね？　あのリーゼントの兄さんが、今川焼きを？」

「さあ、どうですかね」

　私の脳裏に、「会わなければよかった」という言葉が点滅しだしました。しかし、相手はお客様です。いい加減なことはできません。この人のいいところを探し出さなければ。

「外国語の歌を歌えるなんて素晴らしいですね。『グリース』の歌ということは、今の、英語だったんですか？」

「そんな……」

おはぎさんが身をくねらせました。

「ぼくに歌えるわけがないじゃないですか」

えへ、と彼は鼻にしわを寄せて笑います。

「空想の外国語ですよ。というか、火星語。もうね、勉強もずっとだめだったんです。小中高と、教室にいるのがつらかったです。絵を描いてもだめ。家庭科の裁縫もだめ。得意科目がひとつもない。まともにできたのは給食くらいでした。あ、それもだめか。ぼくは玉ねぎが嫌いだったんです。それで玉ねぎが入っているポテトサラダを教室の床の穴にねじこんでいたんですよ。そうしたらみんなが、臭い、臭いって騒ぎだして。それからは授業中ずっとその穴を靴で踏んで、匂いが漏れ出ないようにしていました」

「友だちは？」

「まあ、いたり、いなかったりですか」

「これまでのお勤めは？」

「それも、働いたり、働かなかったりですかね。結局、なにをやってもだめで」

まるで規則のように「だめだ」を繰り返すおはぎさんです。本人も自分自身をだめのオンパレードだと思いこんできたのでしょう。表情から抜けない暗さがそれを物語っていました。

ただ、私は彼にある種のエネルギーを感じていました。「だめ」とは言いながら、実によくしゃべるのです。状況は八方ふさがりなのでしょうが、痩せた体には彼のイメージとは相反する純粋な熱気が潜んでいるように思えました。

それを確信したのが「三笠」を発見したときです。ひがしむき商店街のある店にその和菓子があったのです。

三笠は、関東でいうところのどら焼きです。ただし、サイズが違います。どら焼きの直径は大きくてもせいぜい十センチ程度でしょうか。もちろん、奈良にもそのくらいの普及型はありますが、店先に飾られている三笠はだいたい倍の大きさです。直径二十センチを超える、目を見張るような巨大などら焼きなのです。

「わー、これ、三笠！　ホンモノを見てみたかったんですよ」

おはぎさんは店先で飛び跳ね、奈良名物の三笠を両手でつかみました。

「本当に大きいですね。これ、あんこをどれくらい使っているんだろう。どら焼きなんだから、もちろん粒あんですよね」

「漉しあんも、栗あんもありますよ」

お店のご主人が声をかけてきたので、私たちはその三笠を買わざるを得なくなりました。値段はちょっと高めでしたが、量は普通のどら焼きの五、六倍はあるでしょうか。みんなで分けて食べるのにふさわしいホールケーキのようなどら焼きです。

大きな三笠を胸に抱え、おはぎさんの顔が生気を帯びてきました。変な踊りや歌で自虐的に笑うのではなく、自然と微笑みが浮かんでいます。ああ、この人は本当に和菓子が好きなのだなと思いました。

私たちは三条通りを越えてならまちに入り、数件の和菓子屋さんを覗いてみました。どの店も老舗です。奈良名物の色とりどりの干菓子「青丹よし」がありました。土産物として有名な四角いもなかもありました。あっさりとした上品な甘さで、毎日でも食べたくなるもなかです。草もち、大福もち、大納言、羊羹、吉野の高級くずを使った「くず饅頭」を看板にしている店もありました。どの店も見て回るだけというわけにはいきません。私のさげた紙袋は、奈良の宝石にも等しい様々な和菓子でいつの間にかいっぱいになってしまいました。

いくら甘いもの禁止でも、すこしは食べてみましょう。こう誘いかけて、私はおはぎさんと猿沢池のベンチに座ったのです。おはぎさんはよほど嬉しかったのか、大きな三笠をまだじっと見つめています。ただ、私は途方に暮れていました。

話せば話すほど、おはぎさんという人がわからなくなってきたからです。和菓子屋を開業するためにお金はどれくらい貯めたのかと聞いたところ、彼は「ないです。なんにも」と答えたのです。こうなると、メールに書いてあった和菓子屋経営の夢を疑わざるを得ません。お客様を否定してはいけないと思いつつも、どこかで私は彼を突き放したくなっていたのです。私は自分のその心を隠すかのように、三笠について知っていることを語りました。

「三笠の名は、若草山から取ったという説があります」

春日大社の杜の向こうでなだらかな緑の山が輝いています。

「若草山の別名が、三笠山なんです。ただもうひとつあって、春日大社に神様が降りてきた場所を、御蓋《みかさ》山と呼ぶそうで、そこから取ったという説があります。いったいどっちが本当なのでしょうね」

おはぎさんは微笑みながら私の話を聞いていましたが、両手で三笠を持ち、猿沢池の遊歩道に進み出ました。そして、三笠を天に向けて突き上げたのです。またダンスだろうか？　なにをし始めたのだろうと、私はいい加減この場から去りたくなりました。

「麦わらさん、そのベンチから見ると」

「はい？」

「ぼくの持っている三笠が、若草山に昇る満月のように見えませんか？」

言われてみれば、そのように見えなくもありません。おはぎさんの手に支えられ、まん丸な三笠が若草山のシルエットにかかっています。

「麦わらさん、世界中のお月様が三笠になる夜があったらいいと思いませんか」

またわけのわからないことを言いだしたと思いました。私はかなり疲れた気分で「そうですね」と返しました。

「三笠のお月様にみんなの手が届いて、すこしだけでも千切って食べることができたらいいのに」

黒縁眼鏡の奥で、おはぎさんは遠くを見るような目をしました。

「ウクライナの戦場にも、アフリカの飢饉の場にも、三笠のお月様が昇ればいいのに。今逃げ惑っている子どもたちが、お月様を千切って食べられて、甘くて美味しいねって、みんなで笑い合えたらいいのに」

私はしばし、おはぎさんの顔を見つめました。思わず、背筋も伸ばしました。若草山にかかる三笠のお月様が、キラリと光ったように感じられました。

なんだろう、この人は？

戦禍の子どもたちの飢餓を語ること。その足下には、上っ面な善を口にする者が落ちていく危うい穴があります。でも、たった数秒の静寂のあとで、私は思いました。彼は踏みはずしていないと。これは彼の心のなかの風景ですが、おはぎさんは見えないロープの上に立ち、子どもたちが千切って食べられる満月を本気で支えていたのです。

そう感じられたとき、つかみどころのない、どこに本意があるのかわからなかった支離滅裂な人に、初めて芯のある意志を見たような気がしました。

私は、ふと思いました。

ひょっとしたらおはぎさんは、自分の経験だけを振り返って「だめ」と言っていたのではないのではないか。この人の器の大きさは私たちの想像を超えていて、今の社会全体の「だめ」を一身に受け止めていたからこそ、一貫性のない、混乱したような振る舞いに及んでいたのではないか。地球と同じ大きさの漏斗に溜まった、膨大な、無際の、ぬめぬめとしたコールタールのごとき「だめ」の海。おはぎさんは一人そこに浸かり、溺れそうになりながら和菓子の夢を見続けていたのではないか？

そこまで考えて、私は次に湧いた想念に自分でも驚きました。おはぎさんからの手紙に記されていた四十五才という年齢。それは本当なのだろうかと思ってしまったのです。なぜなら、眼鏡越しに見えるおはぎさんのあんこ玉のような目には、一回きりの人生だとはとても思えない、厚く深い澱が溜まっているように感じられたからです。

「おはぎさん、三笠、すこしでも召し上がったらどうですか？」

ばかげた想像を打ち消そうとして、私は突っ立ったままのおはぎさんに手招きをしました。

どうぞベンチに座ってください。いっしょに食べましょうと誘いかけたのです。

おはぎさんは「はいはい」と二度返事で隣に腰かけました。しかし、三笠のビニールの包みを開けようとはしません。

「やはり、糖尿病が気になるのですか？」

微笑みを保ったままで、おはぎさんは首を横に振りました。

「いきなり食べたらもったいないじゃないですか」

あ、そういうことですか、と納得した私に「三度笑えますから」と彼は言いました。

「え？」

「和菓子に限らずですが、こういう甘いものは三度笑えるんですよ。まず、頭のなかで想像したとき。やっかいな仕事が一段落したら食べようかなあと思っただけで、頬が緩みますよね。続いてこうして手にしたとき。三笠の形、色、重さ、すべての実感が嬉しいじゃないですか。それから、本当に三笠にかじりついて味わったとき。つまり、丸い和菓子は丸い笑顔を三度も運んでくるんです。ぼくが和菓子に惹かれたのもそこなんですよ」

「笑顔に……」

「そうです。たぶんぼくは、和菓子と同じくらい、いや、ひょっとしたらそれよりもずっと、人の笑顔が好きなんです。でも、ぼくはセンスがないから、トラボルタの踊りの真似をしてもだれも笑ってくれませんよね。和菓子なら微笑んでもらえる」

「だけど、盆踊りのときはみんなに笑われたとおっしゃっていましたよね」

「その笑いと、この笑いは違うんです。いいですか、麦わらさん。試験が終わったあとでマークシートを一列ずれて塗りつぶしていたことに気づいた受験生も、発注ミスで二股ソケットを十万個仕入れてしまった街の電気屋さんも、成人まで育てた息子の正体が、実は我が子の隣のベッドに寝ていた別人の赤ん坊だったのだと知らされたお母さんも、あとで三笠を食べようかなと思っただけで、ちょっとは微笑めるものなんです」

「いや、微笑めますかねえ?」

「微笑めますよ。育てちゃった息子といっしょに三笠を食べればいいんです。息子よ、聞きなさい。生きるとは、この甘いあんと不条理をいっしょに頬張ることなのよ。さあ、もっとお食べ。混沌も矛盾も、粒あんといっしょにお食べ、お食べ」

おはぎさんの手振りが大きくなり、声が熱を帯びてきました。おしゃべりが止まりません。やはりこの人には底知れぬないエネルギーがある。あらためてそう感じたとき、暗幕が突然落ちたかのように、ひらめきがやってきたのです。まばゆい、新しい風景が見えたのです。やった、と思いました。

「ちょっと、聞いてください」

勢いづいて話しているおはぎさんを、私は手で制しました。

「今日は麦わら料理として、こんなものを持ってきたんです」

私はデイパックのなかから紙の包みを取り出しました。今朝早起きしてこしらえたのです。

おはぎさんは眼鏡の縁に指をやり、包みをじっと見ます。

「なんだかわかりますか？」

私は敢えてゆっくりと包みを開け、もんじゃ焼きをくるりと巻いたような、飾り気のない一品をおはぎさんに差し出しました。

「助惣焼き、ですかね？」

さすが、おはぎさんです。寛永（一六二四～一六四四）の頃、江戸は麹町の名物としてもてはやされた元祖どら焼きを知っていたとは。しかし、残念でした。こしらえた品は助惣焼きとはちょっと違うのです。

「私が再現したのは、寛永よりももっと前の時代に尊ばれた菓子です。でもたしかに、これが元になって助惣焼きが生まれたそうですが」

おお！　とおはぎさんがひざを手で打ちました。

「懐かしいな。これは安土桃山の時代に、千利休が茶菓子として愛用した麩《ふ》の焼《や》きじゃないですか」

「素晴らしい！　その通りです。どうぞ、召し上がってください」

　おはぎさんに向けて拍手を送りながら、私は彼がふいに漏らした「懐かしい」という言葉に引っかかりを覚えていました。でも、まずは食べてもらい、麩の焼きを持参した理由をわかってもらわなければなりません。

　おはぎさんは、ロール状の古式ゆかしい菓子をつまみ上げ、うふっと笑ったあとで一気にかじりつきました。私の顔を見ながら咀嚼します。眼鏡がずれます。

「ああ、これはうまいですね。素朴な茶菓子だけれど、揺らがずに広がる味噌の味と、鼻を突つく山っぽい香りがたまらんです。ところで、なぜ、ぼくにこれを」

「和菓子の原点、すなわち茶菓子の始まりは決して甘いものだけではないと知って欲しかったからです。おはぎさんに食べてもらった麩の焼きは、とてもシンプルな作りです。小麦粉を水で溶いた生地を丸く焼き上げる。その真ん中に山椒味噌を塗って、砕いた胡桃をまぶす。あとはくるりと巻くだけです。おはぎさんはご存知のようですが、千利休はこれを茶菓子の基本としました。生地に甘いあんを包むようになるのは江戸時代に入ってからです。つまりそれが助惣焼きとなるわけですが、明治の頃にはほぼ姿を消したそうです。どら焼きの発祥はそれからです。一枚の生地であんを包んでいた助惣焼き方式を変え、二枚の生地で挟む。なんということはない発想ですが、これを考案した大正時代の和菓子店からどら焼きが始まったとする説があります」

おはぎさんは時折うなずくものの、表情ひとつ変えません。全部知っているよと暗に言っているような顔つきです。

「今、老舗の和菓子店の倒産が報じられるのは、後継者不足に加え、甘いものを控えようとする世間の空気があるからでしょう。でもたいていの人には、饅頭やどら焼きを食べたくなるときがあるものです。それなら、元祖和菓子の麩の焼き屋さんを開業して、なかに入れるものをお客さんに自由に選んでもらえればいいのではないでしょうか。香り豊かな味噌もあれば、甘いあんもある。練乳もあれば、果物の蜂蜜煮もある。安土桃山時代から伝わる日本のクレープですよ。バラエティは無限です。おはぎさんだって、体調に合わせてなかの具を選べばいいんです」

ほう、と息を吐き、おはぎさんは猿沢池の上に広がる青い空を一度仰ぎました。

「麦わらさん、そこまで考えて下さったんですか」

「はい。しかし、開業資金がないとなると、別のアイデアが必要だと思いまして、さっきまで私も悶々としていたのです。せっかくこしらえた麩の焼きでしたが、これは無駄だったなあって。でも、おはぎさん、ひらめいたんですよ」

「なにがですか？」

「麩の焼きより、もっといいものです」

そのときでした。私の後頭部をだれかがゴンと叩いたのです。おはぎさんもやられたようでした。慌てて振り向いた私たちは、「わっ！」と声をあげました。

大きな雄鹿がベンチのすぐ後ろにいたのです。ぶつかってきたのは、珊瑚のように広がった鹿の角でした。

私は反射的に体をよじりました。再びの角攻撃を避けようとしたのです。おはぎさんもベンチから腰を浮かせました。鹿はしめたと思ったのでしょう。私たちの間に頭を突っこみ、ベンチに置いたままだった残りの麩の焼きをくわえこみました。取り返す間なんてありません。鹿はごく当たり前の顔であごを動かし始めました。

「うわー、麦わらさんがせっかく作ってくれた麩の焼きを！」

おはぎさんは鹿の口に手を伸ばそうとしましたが、途中でやめました。麩の焼きはもはや原型を保っていません。

「このあたりで餌やり用に売られている鹿煎餅も、小麦粉とぬかを混ぜて焼いたものだそうです。匂いが似ていたのかな。この鹿は区別がつかなかったんでしょうね」

「まあ、鹿だけに……シカたないということで」

おはぎさんは漫才師のような素振りで私に両手を広げて見せました。鹿は頭と角を私たちの間に突っこんだまま、黙々と麩の焼きを食べています。私は鹿の頭にそっと触れながら、笑いだしました。

「おはぎさんに座布団一枚！」

「あー、麦わらさん、ようやく笑ってくれましたね。嬉しいなあ。それで、別のアイデアというのは？」

「そうです。それです」

私は手をポンと叩き、食事中の鹿の横で立ち上がりました。

「その話は場所を変えてやりましょう。お連れしたい神社があります」

「神社？」

「今日はどのみち、おはぎさんとそこを訪れようと思っていたんです。変わった神様がいらっしゃるので、そのアイデアを聞いてもらいましょう」

私はおはぎさんを促し、猿沢池のほとりから三条通りへと出ました。奈良の和菓子でいっぱいの紙袋はおはぎさんにさげてもらいます。目的の神社までは十分ほどでしょうか。三条通りから「やすらぎの道」に入り、近鉄奈良駅方面に向かってすこし歩けば左側に現れます。

ただ、私たちは二人で歩きだしてから異常事態が起きていることに気づいたのです。なんと、麩の焼きを盗み食べた雄鹿が、あとをつけてくるではないですか。

奈良を訪れれば、必ず鹿を見かけます。この地では、鹿は神の使いだとされています。春日大社の創建に際し、白鹿にまたがったタケミカヅチノミコトが春日の山に降り立ったという伝説があるのです。春日大社や興福寺を含む広大な奈良公園には、千頭を超える鹿が生息しています。なかには三条通りにまで出没し、それこそ子どもが手にしたパンを横取りするような鹿もいます。しかし、全頭が天然記念物でもあり、だれも手荒なことはしません。

とはいえ、ぴたりと張りつくように町中まで追ってくる鹿は私も初めてです。この光景が珍しいのか、通りを行く人々も私たちを見ています。

「きっと紙袋の和菓子を狙っているんだと思います。気をつけてください」

おはぎさんは「シカトしましょう、こんな鹿」と言って一人で笑ったあと、紙袋を抱え直しました。それにしても変な鹿です。三条通りの交差点を越え、往来の激しい通りをどこまでもついてきます。そしてとうとう、私たちの目的地である神社の前まで来てしまったのです。

「大丈夫かな。君は無事に奈良公園まで戻れるのかい？」

鹿に話しかけましたが、もちろん返事はありません。角の突き出た頭をぐっともたげ、夜の猿沢池のような黒く輝く目でこちらを見るだけです。驚いたことに、鹿は境内にまで入ってきました。もうこうなったら、本当にシカトするしかありません。私は鹿の存在は一度忘れて、おはぎさんを案内することにしました。

「ここが推古天皇の時代に建立されたという漢國神社《かんごう》です。この境内には何人かの神様がいらっしゃるんですが、林《りん》神社という小さな社がなかにあり、日本で唯一のお菓子の神様が祀られているんですよ」

「林と書いて、りんさん？」

「そうです。室町時代が始まった頃、大陸からいらしたりんさんが、日本で初めてあん入りのお饅頭を作ってみんなに振る舞ったそうです。それでここには、饅頭塚もあるんですよ。お菓子の神様とあって、日本中の製菓業の方がお参りに訪れるそうです」

境内の細い参道を巡ると、林神社の赤い社が見えてきました。その横には御影石でできた饅頭があります。ひと抱えもある大きさです。社の前に立ったおはぎさんは、饅頭塚をしげしげと眺めたあとで、柏手を打つわけでもなく、私の方を振り返りました。

「麦わらさん、ぼくにはお金がなくて開業できないのに、どうしてここを？」

「実は、私はかつて、ここにお参りに来たことがあるんです。和菓子が出てくる物語を書いたことがあって……そのときに、一人でも多くの読者に届きますようにと、お願いをしたんです」

「麦わらさん、そういう仕事をなさっていたんですか？」

「はい。今もです」

おはぎさんがあのあんこ玉のような目で、私の顔を覗きこみました。

「それでその物語は、多くの読者に届いたんですか？」

「はい。世界中の読者に」

「あー、それはよかったです。本当によかったですね、麦わらさん」

おはぎさんが私に拍手を送ってくれました。すると、あの雄鹿がまた割って入ってきたのです。鹿はおはぎさんのすぐそばで四肢を投げ出し、玉石の上で腹ばいになってしまいました。

私とおはぎさんは顔を見合わせて笑いましたが、鹿は動じません。和菓子の紙袋を狙うわけでもなく、ただじっとしています。

「それで、聞いていただきたいアイデアですが……」

私は敢えてそこで咳払いをしました。

「おはぎさんは、芸人になればいいと思うんです」

「え、芸人？」

「一度は芸能界を目指したことがあるって、おっしゃっていましたよね。でも、歌も踊りもできないから諦めたと」

「まあ、なにをやってもだめですから」

「そんなことないです。人の笑顔がなによりも好きなら、しゃべくりのお笑い芸人を目指せばいいんです。そのエネルギーがおはぎさんにはあります。日本でただ一人の和菓子芸人としてデビューしてください！」

「和菓子芸人？」

「ネタは和菓子のみです。もなかや羊羹や饅頭や大福、いくらでもありますよ。糖尿病で甘いものを控えている人には、しゃべくりだけで食べた気にさせることもできます。他にだれもやっていないことです。どうぞ、おはぎさん、その名前のままで和菓子芸人として活躍してください！」

いきなりの提案で面食らったのか、おはぎさんはなんとも言ってくれません。私はおはぎさんの代わりに、林神社の小さな社に向けて柏手を打ちました。

「いや、ちょっと、待ってください」

おはぎさんが私を止めました。

「こんなだめだめのぼくのために、ここまで考えていただいてありがとう。でも、本当は、麦わらさん……手紙を送ったのは、あなたに会うことが目的だったのです」

「え？」

「ぼくは和菓子も好きですが、人の笑顔の方がもっと好きなんです」

「はい、それは聞きました。だから、芸人をお勧めしたんです。ここでお菓子の神様にも願いを聞いてもらって……」

おはぎさんが眼鏡をはずし、それを胸ポケットに入れました。気のせいか、おはぎさんの髪がついさっきより伸びているような気がしました。

「ぼくはね、麦わらさん。どうしてあなたが、たったの二九〇円で人の苦悩を請け負っているのか、その秘密を知りたかったのです。二九〇円で働く人間なんて、今はどこにもいませんよ。なぜなんですか？」

おはぎさんの髪はたしかにどんどん伸びているようです。私はただ、唾を飲みこみました。

「ぼくは、ずっとだめだったんですよ。なにを祈られても、ほとんど叶えてあげることができなかった。ここのりんさんは立派です。麦わらさんの物語を多くの読者に届けてあげられたんですから。ぼくは、本当にだめなんです。みんなが笑って暮らせる世の中になればいいのに……いつも力足らずで戦争が起きてしまう」

いったい私はだれと話しているのだろう。おはぎさんだと信じていたこの男性は……。

「麦わらさん、もう一度聞きます。二九〇円に、どんな秘密があるんですか？　ぼくもそれを知れば、人々の寂しさを和らげてあげることができますか？　みんなを笑顔にさせることができますか？」

おはぎさんの髪は腰まで伸びていました。しかも徐々に白髪に変わっていきます。私は息が詰まったまま、ようやく言葉を発しました。

「二九〇円は、意味のある金額なんです。それを知れば、寂しかった人が笑いだすこともあるでしょう。でも、今は言えません」

「どうして？」

「この物語を最後まで読んでもらうためです」

「おお、それなら、シカたないな。どれ、ぼくもあとで読ませてもらおう」

おはぎさんはうなずき、私の手を力任せに握ったのです。

「シカくん、行こうか」

大きな雄鹿が立ち上がりました。あろうことか、おはぎさんは鹿にまたがりました。

「麦わらさん、十円は次に会ったときに返してね」

「え？　十円？」

そう聞いた、ほんの一瞬の間でした。漢國神社の境内を風が回るようにして吹き抜けていきました。同時に、なにかの明滅があったような気がします。はっと我にかえると、もうそこには、おはぎさんも雄鹿もいなかったのです。ただ私の掌に、百円玉三枚がのっているだけでした。

第十一話

逗子 小坪漁港

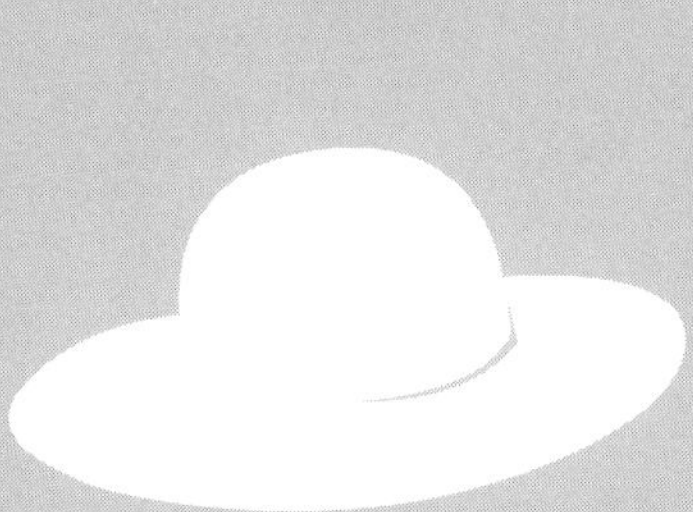

かつての私とは、ＪＲ鎌倉駅の改札口で待ち合わせをしました。初夏の日曜日の午後とあって、鶴岡八幡宮方面へ通じる小町通りは大変なにぎわいでした。駅前もかなり混み合っていましたが、麦わら帽子をかぶっているのは私一人でしたから、かつての私はすぐに気づいたようです。ただ、私は声をかけられても、彼がかつての私であると理解するまでに少々の時間が必要でした。

彼の輪郭や線が崩壊し、すべて絡み合っていたからです。ブツブツと線の切れた笑顔を向けてくるものの、どこに真ん中があるのかわかりません。芸術論を熱く語っていた頃の彼の眼差しはどこにもなく、蝉の幼虫が這い出た穴のような目で私をちらちらと見るばかりです。

これは困ったなと思いました。とにかく線が絡まっているので、顔があると思しきあたりに向けて話しかけるしかありません。

「久しぶりだね」

「なんだよ、老けちゃったな」

「歳月が流れたからね」

「俺は崩れそうだよ」

私たちは海の方へ向けて若宮大路を歩きだしました。小町通りや鶴岡八幡宮からは離れていく方向ですが、由比ヶ浜あたりを散策しようとする観光客で人通りが絶えません。自転車でサーフボードを運ぶ若者たちも頻繁に行き交います。

「かっこいいな」

過ぎていくサーファーの女性に目をやり、かつての私がぼそっとつぶやきました。私の顔を見て苦笑し、今度は空を仰ぎます。

「みんな、まともだな」

湘南の暖かな風が吹き抜けます。海から引き揚げてくるサーファーはいい色に焼けています。ウエットスーツからこぼれ落ちる水滴が陽射しを受けて光っています。いきいきとした若者がいる風景は美しいです。でも、私はその美しさが、いまだにちょっと苦手かもしれません。なぜなら、若い頃の私はちっとも美しくなかったからです。それでかつての私も、分解したり、交錯したりしながら、不器用な足取りで横を歩いているのです。

かつての私からもらったのは、ごく短いメールでした。そこには小説的な修辞はいっさいなく、一行目から静かな叫びがあったのです。

俺は、時代からすべり落ちた。一人で穴にこもっているうちに、世界がすっかり変わってしまった。もう手も足も出ない。表現を呼吸と心得ていたはずなのに、息もできない。無理に空気を吸おうとすると、肺の輪郭が互いに突き刺さるんだ。俺は、ど

――うやって生きていけばいいのかわからない。助けてください。麦わら料理を作ってください。すこしお話しできれば、吉。
私――

読んだ瞬間、頭を抱えました。時代からすべり落ちる。かつての私は私であるだけに、その言葉の意味するところが実によく理解できたのです。

釈迦に説法……違いました。馬の耳に念仏で終わってしまうかもしれないが、かつての私に会ってみようと思いました。二人で話せば、今の時代を作り上げているひどく空虚な部分に叛旗を翻せるかもしれないと思ったのです。

行き先を告げないまま歩いていたので、かつての私は不審に思ったようです。若宮大路を鎌倉消防署の角で曲がると、「どこに行くんだ？」と問いかけてきました。

ちょうど、滑川という二級河川を渡る橋の上でした。昔は閻魔川と呼ばれた水の流れです。私は足を止めました。どう答えるべきか迷ったからです。「どこに」というのは地名でしょうか？　それとも私たちが今後の人生で目指す方向性なのでしょうか。もっとも、地名を告げたところで、かつての私にはピンと来ないだろうと思いました。

「ごめんよ。私にとっては大事な場所なんだけどね、世間にはそれほど知られているわけではない。だから、敢えて説明せずに来たんだ。まあ、場所というか、概念というか、会ってもらいたい人がいると言うべきか」

曖昧な答え方をしていると自分でも思いました。かつての私は「そう」とうなずき、それ以上は聞いてこようとしませんでした。ただ、すこし気を許したのか、彼はぽつりぽつりと話し始めました。

「いいな、この街並み」

鎌倉の目抜き通りとは違い、材木座海岸の裏手であるこのあたりは懐かしい佇まいでいっぱいです。魚屋さん、蕎麦屋さん、豆腐屋さん。瓦屋根の民家が連なり、お寺の境内では子どもが三輪車に乗って遊んでいます。

「こういうの、落ち着く」

ぐしゃぐしゃに絡んだ顔でかつての私は言いました。私はうなずきました。携帯電話すらなかった時代から、このあたりの風景は変わっていないような気がするのです。

「だけど、ここに住んでいる人たちだって、電車に乗ればケータイの画面を見ることもあるんだろうな」

私が一瞬思ったことがわかったのか、かつての私は崩れそうになる目鼻の線を手で押さえながら言いました。同情はしましたが、私は現実を伝えるべきだと思いました。

「ケータイ？　今はもっとすごい状況になっているんだよ。スマートフォンといってね、略してスマホというんだけど、電車のなかではほぼ全員がそれを見ている。というより、吸いこまれている」

「スマホ？」

「もはや電話ではない。端末でもない。掌サイズのパソコンだよ」

そうなのか。そんな時代が来るのか。と、かつての私は消え入りそうな声でつぶやきました。

「俺は、すこしでも面白い表現はないものかと、穴蔵に閉じこもって考えていたんだ。そうしたら、時代が俺を飛び越えていった。でも、飛び越えていった時代は、さらにずっと遠くまで行ってしまうんだな？」

「穴蔵？」

「仕事場だよ。あるいは、俺の意識のあるところかな」

やはりこいつは気難しいことを言う。そうやって勝手に沈んでいったのだなと思いました。

私たちはやがて、鎌倉市と逗子市の境界、扇山をくぐるトンネルのなかに入りました。採光用の穴があるため決して暗くはないトンネルですが、すくなくともまぶしくはありません。その判別のつかないぼんやり加減が合ったのでしょうか、かつての私はいきなり饒舌になりました。

「俺がニューヨークでトマトに恋していた頃は、インターネットを活用するといっても、せいぜい調べものの検索で使うか、メールのやり取り程度だった。おじさんのなかには添付ファイルを開くことができない人もいた。あの頃はまだ、パソコンは道具だったし、人間の生活というものがきちんとあったような気がする。電車のなかでも、新聞や文庫本を読んでいる人がまだたくさんいた」

「そうだね。ニューヨークの地下鉄でも、本を読んでいる人がけっこういたね」

「それが、なんだって？　スマホだって？」

「うん、小さなコンピュータ。世界中の動画だって、いくらでも観られる」

「え？」

「音楽も聴き放題。映画も観放題。しかも作品をひとつずつ買わなくていい。ちょっとした支払いで、すべて自由に視聴できる」

「おお、そうなのか。でも、そんな時代になったら、みんなスマホってやつを手放さなくなるな。電車のなかだけじゃなくて、どこにいるときもさ。寝る前だって、布団にくるまって観ているんじゃないの」

「まあ、そのようだね」

「ちょっと待って。あらゆる作品が大量に流れ出すようになると、ほとんどそれはもうただ同然だから、作家とか、作曲家とか、表現者がどんどん稼げなくなっていく。表現者はどうやって食べているの？」

　怒りを帯び始めたかつての私の声が、トンネル内に響き渡りました。鎌倉駅前に現れたときの、あの崩壊した印象からは考えられないほど言葉が熱を帯びてきたのです。しかし、それは薄暗がりのなかだけでした。

　トンネルを出て、私たちは逗子市に入りました。目の前に、ヨットハーバーを従えた逗子マリーナの威容が現れました。

　きらめく相模湾。風に揺れるヤシの木。おしゃれなマリーナに並ぶ高級車の列。

「ああ、みんな、まぶしい」

　かつての私はまた、半分消された線画のような男に戻ってしまいました。途切れた輪郭が絡まり合い、やっと歩いているような感じです。今度は私が会話を導く番です。

「しかし、スマホは今の時代の話であって、落ちこんでいる君にとってはまだ未来だ。スマホが変えた世界については、まだ悩まなくてていいんだよ。いったいどういう理由で、そんなふうに壊れてしまったんだ？」

「予感だよ」

　かつての私が、はずれてしまった唇の線を指でなでながら答えました。

「俺は、世界の人に読んでもらえる物語を書いたことがあるんだ。簡単に生み出せたものではなかったから、嬉しかった。でも、そのあとでみんなが聞くんだ。いったいどれだけ売れたんだって？　世界の人は読んだかもしれないけれど、実際は何部刷ったんだって？　新しい物語を書いて出版社を訪ねても、いつも数字を聞かれる。しかも俺が答えないでいると、向こうで数字を調べてしまう。今度の新しい物語、内容は面白いと思いましたが、コンピュータの統計によるとこういう数字が出ています。これだと、ちょっとうちでは出せませんね。え？　内容じゃないのか。数字なのか。人間の感性じゃないのか。コンピュータなのか」

「まあ、みんな、仕事だからね。損をするわけにはいかないんだよ」

「それだよ！　俺が世の中に背中を向けてしまったのは！」

目的地はすぐそばでした。しかしかつての私はそう叫んだ勢いで、輪郭が崩れて路面に散ってしまったのです。やれやれと思いました。私は、かつての私の輪郭を拾い集め、デイパックに入れました。全部集められたかどうかはわかりません。なんたって、輪郭ですから。線のように見えていても、一本として成り立つだけの幅がないのです。

デイパックを背負った私は逗子マリーナを過ぎ、かつての私と訪れようとしていた目的地に着きました。逗子市小坪地区にある「小坪漁港」です。湘南の海岸線を走る国道一三四号線からは直接入ることができない、ちょっとした秘境気分の港です。

小ぶりな港に、漁船や遊漁船が停泊しています。堤防の向こうに広がる相模湾を眺め、私は大きく深呼吸をしました。なにはともあれ、今、私は生きています。この港に立ち、空と海の両方を吸いこめば、抱えている様々な問題は消え、生きていることそのものの喜びが込み上げてくるのです。

私は懇意にしている遊漁船の船長の浜小屋を覗きました。港の一角に作られた倉庫兼、炊事場のある寄り合いスペースです。

「やあ、来たね」

網焼き用の炭を熾しながら、船長が手を振ってくれました。ありがたいことです。いつもこうして迎え入れてくれるのです。

船長と知り合えたのは、私がたくさんの疑問符を抱えていた時代に、未来のなにかの力によってここに連れてきてもらうという奇縁があったからです。あのとき船長は私の疑問符のひとつを網の上で焼いてくれました。

「疑問符ってのは、最高のご馳走になるんだよ。世界が変わるきっかけにもなる」

焼きあがった疑問符を肴にして、かつての私はお酒を飲んだのです。以降、私は船長の船に乗せてもらうようになりました。釣りを勉強させてもらったのです。アジ、サバ、マゴチ、マルイカ、ソーダガツオ、イナダ、マダイ、シロギス、メバル、カサゴ、アマダイ。船長に世話してもらい、実に多くの魚を釣り上げました。私は心が乾いたとき、痛いとき、こんがらがったときも船に乗せてもらいましたので、感嘆符やひらめきの稲妻など、魚以外のものものもずいぶんと釣らせてもらいました。

船長は漁業関係者の家に生まれたわけではありません。若い頃の船長は微分積分屋でした。注文があれば、電算機を駆使して、どんなものでも微分積分したのです。三角関数や対数関数もお得意でした。いわば、コンピュータ時代の黎明期に先頭を走っていた人だったのです。そのまま微分積分屋を続けていれば、仮想空間に巨大な城を築いていたかもしれません。

しかし船長は、その仕事を辞めてしまいました。どういう理由かはわかりませんが、たったひとこと、船長がこう語ったのをおぼえています。

「人間らしく、生きたかったんだよね」

その言葉は、「効率」が優先される社会に於いて窒息寸前になっていた私に、大きなヒントを与えてくれました。これは、コンピュータに牛耳られた世界でどう生きていくのかという問題に限られた話ではありません。もっとそれ以前から、私たちは言葉の概念によって縛られているのです。

さて、船長は浜小屋のテーブルにお酒の一升瓶を置き、網の上でアジやサバを焼き始めました。

私はコップ酒をいただきながら、今日のお客様はかつての私だったこと。しかしここに来る直前で彼が瓦解してしまったことを伝えました。

「それで、輪郭は？」

「拾い集めました。全部は無理だったかもしれないけど」

「それなら、そこに突っこんでおけばいいと思うよ。また、くっつくから」

船長が指をさしたのは、イワシの生け簀でした。カツオやワラサなど、大型魚の釣り餌として生きたイワシを泳がせておく大きな樽です。なかのイワシがびっくりするかもしれないと思いながら、私はかつての私の輪郭を生け簀の水のなかに入れました。

船長と一対一で飲むのは久しぶりです。アジとサバの塩焼きを頬張りながら、お酒をいただきます。小屋の外ではカモメたちが歌っています。なんとものどかで解放感がある日曜日の午後です。なんとなく、私は脱ぎたくなってきましたが、そこはぐっと堪えて船長の話を聞きました。意外なことに、船長もまた、かつての自分をよく釣り上げるらしいのです。

「この間も、五十メーターくらいのタナでマダイを狙っていたらね、かなり強い引きこみがあって。こりゃ、大物だと思ってリールを巻いたら、水面下にユワーンと揺れる人間の影があるわけだよ。やばいの釣っちゃったなって。タモですくったら、自分だった」

「いつ頃の？」

「微分積分屋をやめて、船舶免許を取るために勉強しだした頃かな。とにかく、海に出たくて、毎日港に立っていた。あの頃、夕陽に溶けていった自分が、海のなかをずーっとさまよっていたんだね」

「それで、どうしたんですか？　釣り上げてから」

「いや、持って帰っても食えないから、キャッチ・アンド・リリースだよ。お戻りいただきました」

イワシの生け簀で派手な水音がしたのは、船長が網の上にサザエを並べ始めたときでした。生け簀から、かつての私がヌーッと顔を出したのです。ただ、やはりすべての輪郭を拾えていなかったようで、再出現したかつての私は、まるでこんがらがったスチールウールでした。彼はいたるところ穴だらけで浜小屋のテーブルに着いたのです。

「気分はどう？」

「最高」

痩せ我慢だなと思いました。しかしこれはひとつの方法です。いつも最高だと思っていれば、仮に最低の状態に陥ったとしても、半分は許せるものです。

かつての私と私、そして船長の三人はコップをぶつけ合い、乾杯しました。私はかつての私に「会ってもらいたかったのはこの人だよ」と船長を紹介しました。

船長はお酒を飲みながら、かつての私の愚痴を丁寧に聞いてくれました。

「わかりますよ。人間を二進法で現すことなんかできないのに、社会はゼロとイチだけで計算されるコンピュータの世界にどんどん近づいている。なんとなくソリが合わないと感じている表現者は増えているはずです」

船長は焼きあがったサザエを皿に分けながら、「でもね」と言いました。

「でも、コンピュータを内包しちゃったのが今の人間の自然である、とも言えると思うんですよ。だから、うまくつき合っていくことが一番です」

「そのつき合い方がわからないんですよ。俺は北米のアーミッシュのように現代社会に背を向けていているうちに、気づいたらもうすっかり、時代からすべり落ちていたんです。物語を書く作家だったのに、一度は多くの読者に恵まれたのに、今はもう、なにを書いても届かないような気がするんです。二度と時代をつかめないような……」

かつての私がそこで咳きこみ、胸を叩き始めました。絡み合った咽の輪郭から疑問符の丸い部分が飛び出しています。船長がすかさずそれをつかみ、引っ張り出しました。疑問符はするりと抜け、一瞬鉛色に光りました。船長はその疑問符を焼き網の上に置いたのです。

「こいつは、みんなで食っちゃおう」

かつての私は、まさに両目から「?」がぶら下がっている顔で炙られている疑問符を見ていましたが、私に向かって小声でささやいたのです。

「まさか、これが麦わら料理？」

「そうだよ」

「これでお金を取るの？」

「もちろん、いただくよ」

船長は網の上で疑問符をひっくり返します。だんだんといい焼き色になってきました。

「私もね……人間らしく、生きたかったんだよね。だから、順風満帆に見えた微分積分屋のレールから降りて、一から船の勉強を始めたわけだ。それはもう、得なことなんてひとつもない判断だった。時間も労力もかかって、損ばっかり。だけど、ロマンはそこにあったわけ。笑顔もそこにあったわけ」

焼きあがった疑問符を包丁の背で割り、船長がそれぞれの取り皿にのせてくれました。私の皿には、疑問符の丸い部分の右側が来ました。湯気を立てて、栗が焼けているようなよい香りです。

「それでね、大切なことをひとつお教えしましょう」

箸を持ったまま動きを止めているかつての私に、船長が笑顔で語りかけました。

「時代なんてものを追いかけてはいけません。あれは人の手にはかなわないものなんだ。あなたは時代ではなく、別のものを追い求めた方がいい」

「別のもの？」

かつての私が聞き返しました。

「時代ではなく、居場所だよ。それなら、あなた一人でも創り上げることができる。どんな小さな場所でもいい。自分の居場所を作りなさい。それで、生きていけるから。この浜小屋が私の居場所であるように」

かつての私の絡み合った輪郭は不器用にうごめきながらも、わずかに人の形の像を結びました。「はい」と返事をした彼は、そのくすんだ肌に銀色の水滴をこぼしながらうなずいたのです。

彼の顔を見てしまった私も胸が詰まりました。それをごまかすために、湯気を立てている疑問符にかじりつきました。アツッ！　やはり味は焼き栗に似ていて、ほのかな甘みが口中に広がりました。疑問符は意外とうまいものだなと思いました。

私の役目はおそらくここまでです。船長に礼を言い、先に帰ることにしました。

「では、お客様、鎌倉駅までの往復の交通費一八六〇円と、相談料の二九〇〇円、合わせて二一五〇円をいただきます。麦わら料理代はお帰りの際、船長にお支払いください」

「本当に取るの？」

「当たり前です」

かつての私は渋々といった表情で料金を払いました。絡み合った輪郭がくっつき始めました。まだ穴だらけですが、顔が見えるようになったのは大進歩だと思いました。

「船長、このお客様に魚釣りも教えてやってください」

「はいよ」

私は二人に手を振って、小坪漁港の浜小屋をあとにしました。


時代ではなく、居場所を作ること。

帰路、私は船長の言葉をあらためて反芻していました。たしかに、私はあの言葉を聞いてから世界が変わったのです。

チェスの勝負から株の売買まで、すべてコンピュータにはかなわない時代がやってきました。相手は二四時間、一秒も休まずに計算を続けるモンスターです。人間はどうしたって太刀打ちできません。勝利のため、利益を得るため、世界中のコンピュータがクラウドとして連結し、今この瞬間も演算計算を行っているのです。

でも、そこに盲点があります。

コンピュータには、負けるための計算は存在しません。損をするための選択もありません。

だから、ニューヨークまで出張をして、利益がたった二九〇円しかないような仕事は発想できないのです。

私がなぜ麦わら料理を用意して、人に会いに行くのか。それは穴蔵に閉じこもりがちな小説家としての人生に別の居場所を作るためでした。小説家という言葉に縛られず、もっと自由に人間であることを味わうためです。

私がなぜ料金設定を二九〇円にしているのか。それは、コンピュータ社会には吸いこまれないための人間の反乱であるとともに、よく働いたことを最高レベルで味わうためなのです。

さあ、今日も麦わら料理のご奉公を終え、私は自宅に戻りました。私にはやることがあります。実は、私の仕事場には自販機が置いてあるのです。自分の家のなかに自販機とは変ですよね。でも、これがコンピュータにはあり得ない発想であり、私の居場所のシンボルともなっているのです。

私はいっさいの服を脱ぎ、全裸になりました。そして、仕事場の自販機に二九〇円を投入したのです。ボタンと押すと、ガラガラと音を立てて、ビールのロング缶が落ちてきました。

さてと。

窓の外は夕焼けです。すっぽんぽんの私はロング缶のプルリングを引き、冷たいビールを口に含みました。

あー、なんというのど越しでしょう。唇から溢れる泡を手の甲で拭きながら思います。

生きててよかった！
あ、まだ、麦わら帽子をかぶったままでした。

ドリアン助川　どりあん・すけがわ
1962年東京生まれ。
明治学院大学国際学部教授。作家・歌手。早稲田大学第一文学部東洋哲学科卒。
放送作家等を経て、1990年バンド「叫ぶ詩人の会」を結成。ラジオ深夜放送のパーソナリティとしても活躍。同バンド解散後、2000年からニューヨークに3年間滞在し、日米混成バンドでライブを繰り広げる。帰国後は明川哲也の第二筆名も交え、本格的に執筆を開始。著書多数。小説『あん』は河瀨直美監督により映画化され、2015年カンヌ国際映画祭のオープニングフィルムとなる。また小説はフランス、イギリス、ドイツ、イタリアなど22言語に翻訳されている。2017年、小説『あん』がフランスの「DOMITYS文学賞」と「読者による文庫本大賞」の二冠を得る。2019年、『線量計と奥の細道』が「日本エッセイスト・クラブ賞」を受賞。2023年、フランス語版『あん』がリヨン大学より「翻訳作品賞」を授与される。

寂しさから290円儲ける方法

2023年5月23日　第1刷発行

著者　ドリアン助川

デザイン　鳴田小夜子（KOGUMA OFFICE）
DTP　Isshiki
装画　溝上幾久子

編集　及川健智（産業編集センター）

発行所　株式会社産業編集センター
〒112-0011
東京都文京区千石4-39-17
TEL 03-5395-6133　FAX 03-5395-5320
https://www.shc.co.jp/book/

印刷・製本　株式会社シナノパブリッシングプレス

ISBN978-4-86311-367-1 C0093